U0061989

Masters in Argentina
大師在阿根廷
金鈴 森燚 著

PREFACIO

Argentina y Hong Kong se encuentran a 18000 kilómetros de distancia. Ello significa una gran distancia; por suerte, contamos hoy en día con modernos medios de comunicación que nos permiten estar enterados de lo que sucede en ambas orillas del mundo y ello no deja de ser una ventaja para el conocimiento de nuestras gentes, costumbres y cultura.

Pero ello no es suficiente, siempre se tiene la posibilidad de viajar en el ciber espacio y conocer en forma virtual espacios que naturalmente por la distancia nos pueden ser ajenos. Argentina, mi país, es sin dudas un lugar para conocer y disfrutar en persona, sus paisajes desde las Cataratas del Iguazú al norte, la Patagonia y la Antártida al sur, los vinos de Mendoza al oeste, la majestuosa Buenos Aires al este, el tango en todos lados y las carnes todos los días. El fútbol, el polo, los teatros, conocer la forma de ser de los argentinos es un placer que nos tenemos que dar por lo menos una vez en la vida.

Es un honor poder presentar esta guía de Kam Ling, autora de numerosos libros sobre viajes; esta es su segunda obra sobre Argentina, amante del tango, viajó a Argentina para poder ofrecer un detallado itinerario con ocurrentes comentarios, entrevistas y diálogos con referentes del tango en Buenos Aires y visitas a lugares que no se pueden dejar de ver. Todo para mí es familiar, lógicamente yo soy de allá, pero me animaría a decir que a este diario/guía de viaje no le falta nada para entender el sentido de un viaje.

Seguramente, los argentinos estamos muy contentos que nuestro país se acerque a Hong Kong a través del entusiasmo y el gusto por Argentina que demuestra una y otra vez Kam Ling.

Gonzalo Sabaté

Cónsul de Argentina en Hong Kong

序（中譯）

阿根廷與香港相距 18,000 公里，這意味着距離很遠。幸運的是，今天我們擁有現代通訊，使我們能夠瞬間了解世界兩邊正在發生的事情，這對於了解我們的國民、習俗和文化，實在是一大優勢。

但，這其實並不足夠！在網路世界，即使看似近在眼前，但空間和距離感，總是令人產生不能言喻的陌生。阿根廷，我的國家，毫無疑問是一個值得親自去了解和享受的地方。她的風景從北部的伊瓜蘇瀑布，到南部的巴塔哥尼亞和南極洲；從西部的門多薩葡萄酒，到東部雄偉的布宜諾斯艾利斯。到處都有探戈，每天都有牛扒。足球、馬球、劇院，了解阿根廷人的生活方式，是我們一生中至少必須給予自己一次的樂趣。

我很榮幸能夠向大家介紹這本來自金鈴的作品，她是寫了很多書的旅遊作者；這是她寫關於阿根廷的第二部作品。對我來說，她寫的一切，我都很熟悉。我敢說，這本書不但包羅萬有，而且充滿旅行意義的內涵。

當然，我們阿根廷人很高興看到阿根廷的熱情和品味能透過金鈴一次又一次的去展現出來，並將之帶給香港人。

阿根廷駐港總領事

沙高樂

自序

任何人聽到阿根廷這地方，都會說：很遠呀。

我的想法卻是：在現今任何事任何地任何人，都是觸手可及的世代，居然還有一個地方，我們尚可以期盼，可以追尋，可以探索。多麼好！

去阿根廷是一場低調奢華，物價不貴，能換取歐洲的艷麗，文化的盛會，味蕾的衝擊，還有大自然的壯舉。而布宜諾斯艾利斯這個大都會，不僅蘊藏以上特色，還顯示出歷史名城和潮流首都的融合。在每一寸角落，都散發着型格和魅力。

我抱着對她的期許，來到這裏，和好朋友敍舊，登堂入室與諸位世界探戈錦標賽冠軍的大師級人物，暢談舞者人生，不亦樂乎。在布宜諾斯艾利斯，隨心逛街飲酒吃牛排，即興走進各色舞廳跳舞，看着年輕舞者拍檔把腳步化成樂器，踏出充滿感情的音符。也許，這就是探戈千古不滅而又風靡全球的因由。

電影《春光乍洩》令全世界的華人舞者來這裏尋找探戈中的 Magic Moment，旅者亦必然能在這裏找到旅途上的 Magic Moment。

金鈴

自序

如果你喜歡探戈，你就可以擁抱全世界！

每個人都想成為有能力的人，但原來，真正的力量不源於你有多大權勢，而是像探戈的擁抱，關愛所有的人。強者的氣度，正正展現在每個舞者當中，專注當下關愛的擁抱。這擁抱是阿根廷的文化，也是我們這世界最需要的力量。它，能創造很多有如 Magic Moment 的奇蹟。

在阿根廷生活的時候，認識了很多熱愛探戈的朋友，他們是世界冠軍和很資深的舞者。一期一會，寫了這本《大師在阿根廷》，與諸位好友及世界探戈錦標賽冠軍的大師暢談和分享他們的心得，成就一本舞林秘笈，藉此，對每位強者致敬！

森焱

目錄

二十七個必去景點

與大師對談

曾經以為，世界冠軍一定拒人於千里。誰料在探戈的世界，奪冠者竟都是具親和力的強者。他們每一位都有自己的故事，每一位都有一段不為人知的辛酸史。

Emmanuel Casal & Yanina Muzyka

Ricardo Astrada & Constanza Vieyto

Jose Luis Salvo & Carla Rossi

Jonny Carvajal & Suyay Quiroga

Seba Bolivar & Cynthia Palacios

Virginia Vasconi

雅尼娜·穆茲卡（Yanina Muzyka）和伊曼紐爾·卡薩爾（Emmanuel Casal）——是哲學家也是藝術家

photo credit：Agustina Barrientos

有一對很熱情的朋友，他們知道我們來了，第一時間邀請我們到他們的家。塗成綠色的頭、耳環、寬鬆的西裝、鏈帶……這人是伊曼紐爾（Emmanuel Casal）。陪伴在他身邊的是雅妮娜 · 穆茲卡（Yanina Muzyka），是他的舞伴，也是他拍拖十四年的女友。

「我們想傳達的是，你不需要有復古的美學來感受探戈。」伊曼紐爾來自街頭，8 歲的時候開始跳探戈。伊曼紐爾的祖父母，他們只是業餘愛好者跳探戈，但跳得非常好。祖父是他就讀學校的校車司機。每天兩人一同回家，路上總是聽探戈音樂，有時又會帶他去舞會，教他探戈的基礎知識。之後他去上探戈課，是因為他的祖父母。「因為他們給了我很多錢——我的祖父用 2 美元賄賂了我，但後來他就不用再賄賂我了——我開始對探戈產生認同感。」放學後，他聽着祖父的米隆加舞曲，去拉博卡的工作，每天八小時為遊客即興表演探戈。

雅妮娜和他不同，她很小的時候就開始跳舞，但不是探戈，也不去舞會，她媽媽沒有帶她去。但她媽媽帶她去參加西班牙弗拉門戈舞，所以在很小的時候她就開始進入舞蹈的世界。「我練習的第一種舞蹈是弗拉門戈舞，當時我很小，是三、四歲的時候。」雅妮娜後來進入 UNA 藝術大學，入學要求非常嚴格。長大後，24 歲的她已經成為民間舞者時，她去環遊世界。2008 年，她乘搭的飛往中美洲的飛機發生事故，意外造成五名乘客死亡，她被迫返回阿根廷。在布宜諾斯艾利斯，由於沒有工作，只好試圖尋找新的人生方向，她去看了探戈表演。「探戈進入了我的眼

photo credit：Agustina Barrientos

睛。它對我的影響如此之大，以至於燃起我開始學習的慾望，在第一節課上我遇到了伊曼紐爾。」

伊曼紐爾說：「這是我的第四、五節課，我本來有一個舞伴，但她要去拉卡普。對我來說，很難才可以上一堂課，我便看看是否認識其他人搭檔。嗯，雅妮娜剛好在上第一堂課。」雅妮娜看向他說：「他是我的第一個固定舞伴，也是我唯一的舞伴。當然，我喜歡跳舞，之前有去過舞會，會與其他朋友分享舞蹈。直到他出現……是的，所以對我來說，這就像開始從另一個方面了解舞蹈，因為正如我之前所說，我從未正式學習跳探戈。」因為雅妮娜已經有強大的舞者基礎，又有爵士樂背景，一點現代一點古典，所以探戈很快就進入她的血脈。

放學時，伊曼紐爾問她住哪裏，她告訴他地點，就在這個街區，距離學校 10 分鐘路程。他直接送她回家。第二堂課下課後，他又送她回家；兩人就慢慢走在一起。伊曼紐爾一直在拉博卡的卡米尼托跳舞，他邀請雅妮娜和他一起跳，跳了三個月。跳了一段時間，他們覺得不妥。「對我來說，每天在舞台上旋轉、跳躍、飛行並不是問題。但，這不是我們想要的。」在卡米尼托和聖特爾莫的演出是他們第一次與公眾見面，也是他們的第一份生計。後來，他們參加了布宜諾斯艾利斯大型公司的試鏡，並參與了六次錦標賽。他們在一場比賽中獲得第二名，在另一場比賽中獲得第三名。

他們從二十多歲起就幾乎不分開了。伊曼紐爾征服了美麗的舞者，並改變了她的生活方式——變成波西米亞生活。兩人都喜歡看書，彷彿是文青，但雅妮娜總是說他更像是一個街舞者。他們在街頭體驗場景，完全的創作自由。他們也繼續學習，特別是出於雅妮娜的願望，很快就受到了重要製作團隊總監的注意。後來他們在世界各地巡演，並加入了著名的 Cafe de los Angelitos

的舞團，但他們只收到了一定比例的薪水——「我們有些同事的情況更糟。」他們說。到 2021 年，他們要找方法生存：伊曼紐爾擔任計程車司機，雅妮娜幫助母親經營家庭清潔產品業務。

他們喜歡同樣的事情，有共同的目標。因此，沒有放棄練習。我們破解出擁抱的魔力，也了解這是很難實現的。他們分享了這感覺和共同的探索——探戈是一種探索。

「這是一種行走的精神。如果擁抱——兩個身體靠在一起的那一刻——包圍着你，就會出現火花。從第一刻到最後一步，你們都保持着聯繫，彷彿有第六感。這是一種非常滿足的感覺，而且很難找到。我們擁有它，所以決定在錦標賽上表演，看看我們是否足夠幸運，讓其他探戈大師看到它。」

曾經，當伊曼紐爾和雅妮娜還小的時候，探戈幾乎一度瀕危，被新的搖滾明星所扼殺。這就是為甚麼培育新一代舞者的工作有時很累。他們一起跳舞就像保護一些脆弱的，轉瞬即逝的東西，不知道甚麼時候在地平線上消失的點。

兩人的音樂品味都很廣泛：伊曼紐爾是嘻哈和說唱的忠實粉絲，他想為世界帶來最新的編舞靈感來。兩人在 2021 年成為布宜諾斯艾利斯世界探戈冠軍。在最後的冠軍決選中，他們再次以沉着而深刻的舞蹈，讓觀眾感動落淚。

他們是新一代的舞者，每次兩人在舞台出現，總是給人帶來驚喜。他們是如何的？

「跳舞要像你自己、有你的文化、在你的國家、加入你的生活。」他們在阿根廷這社區，有一種不安全感。「我們的治安，我們的經濟，一直在變化。我們試着解決，然後我們就繼續生活。為此，我們跳舞，我們有創造力，因為在我們的生活中，我們需要創造方法，解決問題。」兩人認為每個舞者都是不同的，他們只要對自己有信心，並了解所有人都是不同的。一切，取決於自己的內心。

他們亦知道阿根廷以外的其他國家，對探戈非常尊重。「這不是因為它是文化遺產，也不是因為它歷史悠久，探戈是一種流行的舞蹈，它是表達我們現在的文化，我們和你們的文化。在這個時候，它不是一個歷史性的代表。」歷史對書本知識來說是好的，但不是生活。對生活來說，舞蹈就是現在，舞蹈就是禮物，我們需要，我們需要舞蹈，就像我們的生活。伊曼紐爾用兩人之間的相處，去闡述這個哲學。伊曼紐爾說：「在生活中，我們會一起解決問題，有時是我聽她的，有時是她聽我的。當我們跳舞的時候，我是領導者，她是追隨者；但我必需聆聽她。在我們的生活中，我們是領導者，我們也是追隨者，我們就這樣跳舞，對我們來說，沒有必要為了傾聽而改變我們。我一直聽她的話，我不是唯一的領導者，這不是一種權力，而是文化，文化的改變。對我來說，這一點非常重要。當我們開始上課時總是說，這是我們感受探戈的方式，這也是我們感受探戈的方法。探戈，是我們的真理。探戈不僅僅是一個方向，它是一個圓圈，讓我們反覆練習。」

兩人帶我們到服裝間，看他們的表演服。他們的表演服都是訂製的，很有自己的風格。這一對藝術家，如果不能創造任何新東西的話，他們相信，自己會死。現在的兩人，試圖創造一個魔法世界，因為這對「創造」來說非常重要。舞者會從一個框架開始，隨着時間的推移，練習，然後成長，技術提升。當技術越來越好，就可以嘗試創造。「但是如果你不努力發揮自己的創造力，或者你只做了一個完美的步驟，那麼當你跳舞時，不會感到自由。對我們來說，這非常重要——自由地跳舞，然後表演。」伊曼紐爾說。

感情，音樂，在跳舞時，他們迷失了，他們失去了時間，他們只是發現，他們是世界上唯一的情侶，這就是神奇之處。對他們來說，每一次跳舞都是 Magic Moment。雅妮娜眼中閃亮：「這與技術無關，而是與你的能量有關，你把你的精力和注意力注入。你永遠不會忘記這一刻，當你對自己的感覺誠實時，魔法就會發生。」

有一個問題，亦是一個非常常見的問題——對於情侶來說，在練習時候，他們會爭拗，對藝術愈執着，愈會發生摩擦。如果不能同步，怎麼做呢？伊曼紐爾開玩笑：「我們打跆拳道。」雅妮娜笑翻了。伊曼紐爾認為，最重要是——時間，任何人開始時，或會有點爭吵。但是，透過類似的討論，可以改變。是的，我們從不越界，從不說一句髒話。在我們的生活中，也從來沒有，我們從來沒有說過一句髒話，從來沒有。我們互相尊重，即使，我們會堅持。但隨着時間的推移，彼此開始了解更多，然後會更放鬆，最後說：好吧，也許今天到此為止，明天再練習，就可以了。」

每次排練，一開始要「默跳」三首探戈。這三首探戈，必需在沉默中，如果誰說話，誰就輸了。雅妮娜說：「如果我說話，我就輸了。我們或失去平衡，或者踢亂了步。不，沒關係，總之甚麼也不說。說了就輸了，會被記交叉號，如果他被罰五次，我就會收到禮物，現在，我有很多禮物啦，哈！」身體需要 warm up，需要一點時間，所以第三首開始，如果對方做得不好，他們才開始溝通。這是一個很好的遊戲，所有人都有不同的熱身時間。所以，不要給對方壓力，因為對方也許需要更多時間。

這是舞者相處之道，也是戀人相處之道。和自己在一起，和你的情侶一起；和你的舞蹈一起，還有和你一起跳舞的人。「當你意識到當下，當你誠實的時候，你就是你，所以我們盡力做到最好，就像這是我現在，和未來。」伊曼紐爾堅定地說。

曾參與之國際賽事獎項

World Champions of Stage Tango 2021

Four-time World Tango Champions Scene finalist, Two-time Winners

森鈴絮語

：他們的創作過程，和他們分享的信息都是別出心裁。

：他們外表看似流行通俗、離經叛道，但原來，兩人真正的內心，蘊藏着文化質素和哲學。

：我常說——當你開始跳舞，別試着把不好的想法灌輸給自己。探戈是要學懂沉默，是要令自己聆聽自己的身體，鍛煉自己的身體。

：所以你跳舞時，也很少說話。

：他們的舞蹈，強調探索精神。

：對，像我們的寫作，可以與眾不同，可以創新。

：重要的是，他們的成長環境未必很好，甚至在疫情初期，要打工餬口。但他們沒有放棄，在困難中繼續努力，結果，奪得 2021 年探戈錦標賽世界冠軍。

：你記得他們在 2021 年探戈錦標賽的戰衣嗎？

：當然記得！他們還讓我們參觀衣帽間的舞衣。

：我們這一對朋友真的很熱情，邀請我們到他們的住所，殷勤接待，Yanina 又買了我最喜歡的甜點給我。

：我喜歡他們的家，有一個陽光充沛的花園。

：我反而喜歡他們的舞蹈室，可以即興跳舞，隨時隨地。吃飯前跳一會，睡醒又跳一會。

：還說呢？那天，你正是在我們四人吃着茶點聊天時，忽然要跳舞……

：這才是——真正的即興，哈哈。

里卡多·阿斯特拉達（Ricardo Astrada）和康斯坦薩（Constanza Vieyto Mala Junta）——即使沒法見面和跳舞的冠軍奇蹟

第一次遇上里卡多和康斯坦薩，單從外表就覺得他們很有探戈舞台世界冠軍的風範。

「我們跳舞已經 30 年了，探戈是我們的生命。感謝探戈，因為它改變了我們的生活，我們環遊世界，我們遇到了新朋友，探戈給了我們一切。」康斯坦薩來自門多薩，她九歲開始跳古典舞，然後 16 歲開始學習探戈，21 歲到布宜諾斯艾利斯進修探戈，直到遇見里卡多。來自布宜諾斯艾利斯省佩爾加米諾的里卡多，是七歲時開始跳阿根廷傳統舞，他喜歡跳舞，所以也嘗試過其他舞蹈，直至 12 歲時就開始跳探戈。在布宜諾斯艾利斯市郊，一個距離市中心 200 公里的地方，祖父教他跳探戈，他跟着跳。

他無法忘記自己的第一次探戈，音樂是 1930 年的朱利安，是傳統探戈。他很記得那隊管弦樂隊，是他在舞台上跳的第一個探戈，也是他聽到的第一次現場合奏。他祖父跳探戈，他學到了一點甚麼舞步等等。康斯坦薩不記得第一次聽到的探戈是甚麼，但她記得第一支舞。那天是星期日，在一間非常傳統而且非常漂亮的咖啡廳，她開始第一次跳探戈。她覺得影響最大的人，先是她的祖父母，因為他們跳舞。還有，她的叔叔們也跳。他們將這種文化和熱情傳遞給了康斯坦薩，甚至她的家人——她哥哥也會唱探戈，而且唱得很好。生於充滿探戈氛圍的家庭，對兩人最深的影響。

後來，里卡多進入探戈學院。他當時沒有收入，所以在市政代客泊車處工作。幾年之後，自覺一事無成，2004 年便來到布宜諾斯艾利斯定居並開始在 Esquina Carlos Gardel 工作，擔任全職探戈舞者，參加不少重要演出。

然後偉大的老師出現了，他們給里卡多留下了很多東西。對他最有影響力的，是世界聞名的一些 milonguero，例如特爾特和皮迪亞，還有教他舞台探戈的老師。「我跟隨過很多老師，三十年來，我學了很多，當然亦忘了很多。」里卡多看向康斯坦薩。康斯坦薩微笑道：「但我們從未停止學習，我們從未停止努力，總是想知道更多。」

康斯坦薩的學習過程，和里卡多很相似。她覺得是因為，他們大多數阿根廷人的血液中都流淌着探戈。「因為我們總是有一些祖父，一些父親，一些曾祖父，家裏的人跳探戈，彈奏或唱探戈。就我而言，我的祖父母跳探戈，我外祖父母唱民謠、彈吉他。我爸爸也聽探戈，所以，最深的影響，是來自於家庭。」

康斯坦薩憶述她第一次學習，從她所在城市的門多薩開始。有老師來教探戈，於是她心想——好吧。當時 16 歲。門多薩還沒有那麼多年輕人跳探戈，所以一開始對她來說有點困難。她很害羞不敢擁抱另一個人。但是，她開始了，從課堂開始，從老師教導下開始。探戈，讓最害羞的人振作起來。

里卡多進入學院時，他記得，自己還是個站在鏡子前的男孩。老師們是表演節目中的導演，又是探戈紅人。他們是來教他舞蹈技巧，如何站立，如何在舞台上演出的。他們不停上課，上技術課，他們總是想改進並努力。他強調：「我們必須了解一切根源，一切基礎，不僅來自舞蹈，也來自歷史，能夠閱讀一些關於探戈的知識，這意味着我們的探戈文化。所有這些，都被帶到了舞台上。我聽到一首歌詞，我想像，我讀了一封情書。」

作為阿根廷人，喜歡跳舞，便去演繹他們真正的感受。他們所做的事情中，都有探戈——是歌詞、是舞蹈、是風格，是一切。這是阿根廷社會已經形成的一些東西，這是移民的一部份，也是他們如何來到這裏的一部份。街上發生了甚麼，酒吧發生了甚麼，那些愛，那些分歧，連根拔起，他的家人，他的國家。

探戈構成了阿根廷的本質以及阿根廷的生存方式。它影響歌詞，音樂，當他們跳探戈、跳米隆加、他們知道如何解釋這些韻律。

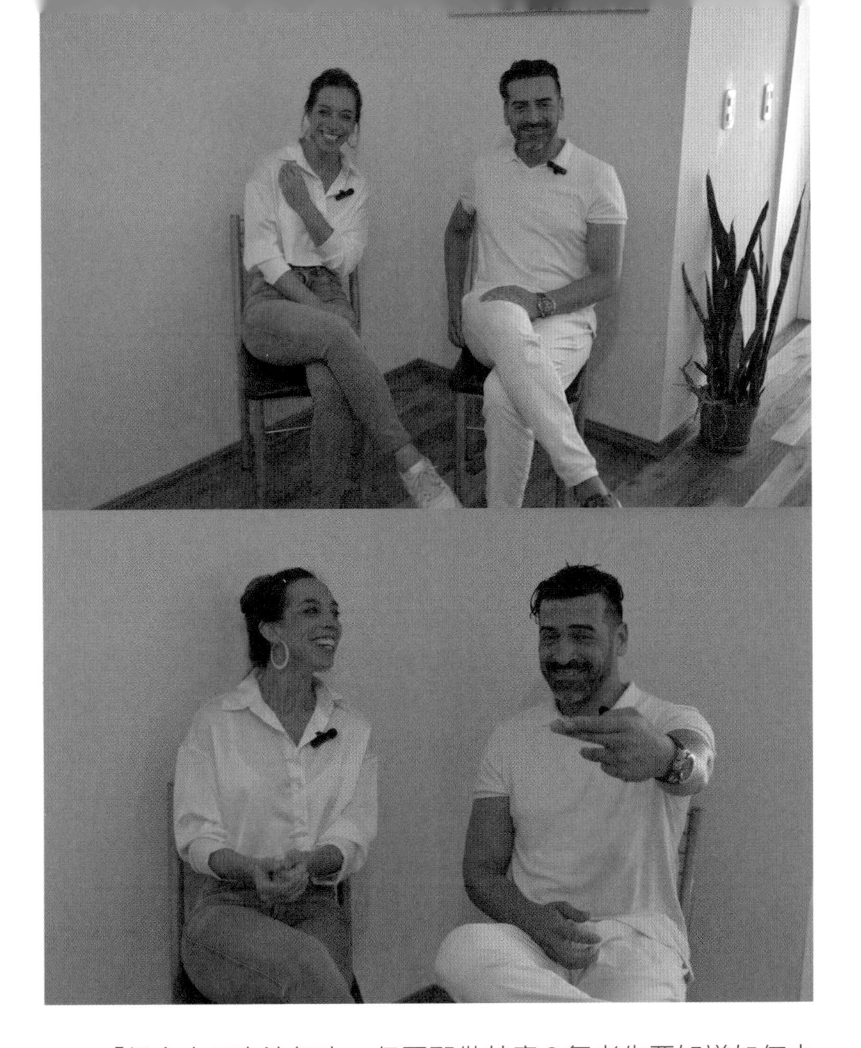

「很多人只專注舞步，但要那做甚麼？舞者先要知道如何去感受它，當你跳舞時能夠將感覺傳遞給觀眾，就足夠。」里卡多認為舞蹈是很多東西的混合體，從互相注視，到組合出一種連結方式，然後編排舞步。「我們的舞蹈，是我們國家的文化。」

康斯坦薩與里卡多的合作純屬偶然。一次，康斯坦薩和里卡多在馬德羅港的法埃納酒店一起演出，這位來自門多薩的舞者沒有舞伴，她的酒店老闆召集他們一起跳舞。

他們開始跳舞，是命運的安排。他們每天晚上都會在那裏表演。

里卡多說：「我們建立了良好的同事和朋友關係。有一天，我問她是否想參加世界賽，她說是的。你必須找到自己，並擁有一種特殊的能量。除了個人經歷之外，我們還找到了一起跳舞的能量，這反映在我們的舞蹈中。」里卡多開始與康斯坦薩一起在全國和世界巡迴演出和參加比賽，在那裏他們贏得了無數勝利。

康斯坦薩表示：「事實上，我們的關係非常好。我們非常相愛，我們非常尊重彼此。我們始終秉持着能夠承載的理念。我們對舞蹈、對人的信念，以某種方式傳遞它並把它帶到全世界。這是我們創造的探戈。我們時刻互相陪伴，我們時常聊天，我們共同分享很多時間。對我們來說，保持良好的關係是至關重要的。」

康斯坦薩在里卡多發現了這一點：他除了是一位偉大的舞者、一位偉大的藝術家之外，最重要的是他是個很棒的伴侶，和一個好朋友。

里卡多非常同意。對他來說，因為在一起度過了很多小時、很多天。可以與伴侶一起，度過美好的時光，度過糟糕的日子。互相陪伴，安心工作。他總是認為，一對舞伴的關係是慢慢建立起來的，不需要逼迫，只要給它時間就可以。

他們建議，要跳好探戈，最重要是組成一對固定舞伴，信任彼此，一起前進。里卡多認為現今社會瞬息萬變，有時需要了解自己多一點，旁人很難有耐心去給你意見。生活和探戈連接，對他是很好的事——能夠與舞伴共同建立人生。跳舞的日子，有苦有樂，但只要同心，有耐心，就可以成功。

很多舞者跳了一段時間，仍然不知道如何可以成為專業舞者。康斯坦薩形容，「專業人士」這幾個字對他們來說，非常瘋狂。但正因為「專業」，他們創造奇蹟

由於疫情，他們不得不分離。疫情大流行使兩人分隔了兩年！幾乎在整個大流行期間，康斯坦薩去了 1,000 公里外的門多薩省，里卡多留在布宜諾斯艾利斯。於是，他們兩年沒法見面。才再次見面，是三月的事。當他們贏得世界冠軍時，事實是……中間有兩年，沒有跳舞。「在疫情期間我們仍然保持聯繫，保持聊天。當我們帶着繼續下去的強烈願望回來時，我們找到真正的彼此。這是在世界錦標賽上，大家看見的——我們沒有一起跳舞，但我們準備了兩年。」

是的，最真實的連結，是彼此的心。

初學者該做甚麼？「我們了解香港，也了解上海。首先要做的就是學習、上課、練習。練習對我們來說，就是一切。」他們

認為上課、排練是很重要的。如果想研習新舞步，就先要了解自己的舞伴。想要將新舞步和自己的優勢組合在一起。康斯坦薩坦言：「是的，你必須尋找它。」

中國人多年來一直對探戈很感興趣。康斯坦薩和里卡多預期，他們將成為大師。中國進一步開放，帶來更多老師，對探戈世界更有好處。里卡多覺得，中國和阿根廷的關係非常密切，人民之間有着非常深厚的關係。阿根廷有華人社區，彼此分享文化。他曾在中國新年的聚會中，展示探戈，而中國人則舞龍，非常漂亮，色彩繽紛。「我們的文化，你們的文化。各有特色。」他認為如果能夠跟不同的老師學習，不要固定舞蹈風格，開放自己的思想，用身體嘗試新事物，這一切，總能幫助跳探戈的。」

怎樣才能達到世界級舞者的水平？里卡多的建議是——享受吧，不要考慮競爭。「如果沒有壓力，就可以好好享受比賽。每個人都在看你跳探戈，對吧？這是一扇窗戶，我說它是窗戶。這是一扇讓全世界看到你的窗口。」康斯坦薩說。當里卡多邀請她出賽時，她告訴他這一點：終有一天，那是一扇窗，世界上的每個人都會出現。「當我們獲勝時，我們明白，是的，這的確是一扇窗戶。」里卡多點頭：「人們從世界各地給我們寫信，嗯，我們必須意識到，要做好充份的準備。」

到了今天，他們仍然繼續上課，繼續訓練。因為他們相信，就像每個人一樣，一個人開始跳舞，在那一刻，就必須非常專注。有時我們開始出現一些小動作或需要解決的問題，這時，能夠上課是至關重要的。因為，可以有另一個人來糾正你。

如何在世界各地推廣探戈？探戈⋯⋯探戈在世界上是僅有的。「探戈帶領我們，我們也帶着探戈。探戈帶來了遊客：中國、日本、俄羅斯、意大利、西班牙。它是世界遺產，大家都來跳探戈。」

但有時候，但里卡多認為要從這裏去思考如何在像中國這樣遙遠的地方推廣探戈，是非常困難的。所以，每個社區都需要有人把它帶到城市，這才更容易推廣探戈。他發現現在年輕人又重新拾起了探戈舊唱片，那些管弦樂團的錄音帶或 CD；現在有新的管弦樂隊，與歌手、舞者、組合成一個最新的探戈紀元。最讓我興奮的是看到每個人都跳探戈，這讓他很興奮。因為探戈誕生在這裏，在這裏，正是在我們居住的這個街區。

探戈征服了世界，佔領了世界。它會自行移動。我相信會有越來越多的人去跳探戈，去更多意想不到的地方。探戈很棒，因為你可以跟一個與你說不同語言的人溝通。你們沒有相同的宗教或政治意識形態或任何東西，亦不會令人卻步。這只是擁抱，能與另一個人聯繫已經很好。

探戈正在擴大，探戈捕捉了一切，不只是用來參加舞會，而是你如何與他人互動。

曾參與之國際賽事獎項

Tango de Escenario, Tango World Champion 2022

森鈴絮語

：記得我們第一眼看見這一對男女，就馬上感受到他們的氣場。

：是的，很典型的阿根廷舞者：外形亮眼，性格內斂。

：和探戈這舞蹈一樣——先聲奪人，但沉着地散發內涵。

：正因為有內涵，我們才會喜歡教這種舞蹈。

：他們很強調內涵和文化。中國人多年來對探戈很感興趣；阿根廷一樣有華人社區，彼此分享文化。

：他們跳舞已經 30 年了。探戈是我們的生命——這一句實在很真切。

：由於疫情，他們不得不分離。分隔了兩年，比賽中居然奪冠！

：這足見一對真正合拍的舞者，才能做到靈魂契合。在他們眼中，彼此，就是最好。

：再者，他們非常專業。記得在會面時，他們非常有禮地事先說明，在沒有最好的準備之下，不會貿然表演跳舞。這，展示出一種專業。

：你這樣說，也令我記起，有一年，某機構為了邀請我們上台跳一支舞，不惜付出五萬元。

：感激在香港有這些有質素的人，對專業藝術的肯定和尊重。

何塞路易斯薩爾沃（Jose Luis Salvo）和卡拉羅西（Carla Rossi）——演繹經典和優雅的舞者

何塞・路易斯・薩爾沃（Jose Luis Salvo）於 2008 年開始其職業生涯，卡拉・羅西（Carla Rossi）則於 2011 年開始其職業生涯。不約而同，兩人都是 18 歲左右就開始跳探戈。現年 37 歲的何塞，出生在里奧內格羅地區（Río Negro），該區是為南美國家阿根廷二十三省之一，位於阿根廷中部，民族舞非常有名。因此，他起初是跳阿根廷民族舞——查卡雷拉（Chacarera）。不是獨舞，而是在一群人一起跳舞。和卡拉一樣，兩人之後就開始跳探戈。

對他們來說，影響最大的人，正正就是舞蹈家卡洛斯・愛德華多・加維托（Carlos Eduardo Gavito）和馬塞拉・杜蘭

（Marcela Duran）。他是一位阿根廷探戈舞者，1956 年開始在阿根廷布宜諾斯艾利斯跳舞。1974 年，他與胡安 · 卡洛斯 · 科普斯（Juan Carlos Copes）合作，還與他的舞蹈團以及他的舞伴兼妻子海倫 · 加維托（Helen Gavito）一起巡迴世界表演。海倫 · 加維托本身獲得蘇格蘭皇家芭蕾舞學校院士資格，但在 1995 年，當卡洛斯去百老匯舞台劇組《永遠的探戈》*Forever Tango* 跳舞，海倫卻沒有被邀請。原因是——*Forever Tango* 的總監路易斯 · 布拉沃（Luis Bravo）只想要阿根廷舞者——而她卻不是。於是，他夥拍另一位舞伴——馬塞拉 · 杜蘭——被稱為「探戈女人」，是世界各地探戈界的偶像。馬塞拉 · 杜蘭是國際知名的大師級教師，也成為了百老匯舞台劇《永遠的探戈》的表演者。她透過自己的存在和風格提高了觀眾學習探戈的興趣，並且是對世界各地許多阿根廷探戈教師和社交舞者具有影響力的導師。她和她的搭檔卡洛斯開發了一種獨特且戲劇性的親密探戈擁抱，成為標誌。

這位天后級舞者本身也是一個傳奇人物。馬塞拉與探戈的第一次接觸是透過她的父親，一位手風琴演奏家，在她出生的阿根廷羅薩里奧探戈樂團工作。她曾在阿根廷政府擔任舞蹈老師，專攻現代舞和探戈。1988 年，她在 Salon Canning 開始跳探戈。她花了很多年的時間跳探戈，懷抱着將探戈傳播到世界各地的夢

想，於 1994 年來到舊金山與百老匯舞台劇組《永遠的探戈》一起演出。她與卡洛斯 · 加維托一起跳了十年舞。1997 年 6 月，她是百老匯《永遠的探戈》在沃爾特克爾劇院首演的原始演員之一，當時該劇獲得東尼獎和戲劇台獎最佳編舞提名。馬塞拉在意大利斯波萊托音樂節上演出，並在美國、加拿大、歐洲和亞洲巡迴演出。1999 年，她也曾在布宜諾斯艾利斯的科隆歌劇院演出。2000 年，她成為體育舞蹈錦標賽（國際舞蹈組織）阿根廷探戈的世界冠軍。

她和加維托在世界各地共同教授阿根廷探戈十年，分享他們對舞蹈的熱情，在美國、加拿大、意大利、葡萄牙、英國、希臘、以色列、日本、韓國、台灣、上海、墨西哥、中南美洲等 100 個城市進行了表演和教學，使她作為探戈歷史上最偉大的天后之一，名字永垂不朽。

卡洛斯 · 加維托和馬塞拉 · 杜蘭在錄像《lavito》中，令何塞和卡拉觸動非常非常深，他們希望成為這樣全身心投入探戈的人之一，大大激勵他們並驅使他們繼續學習，並想成為更好的舞者。他們覺得阿根廷氛圍對探戈的影響很大。探戈都是生活細節；連結起床、聽廣播、和家人在一起等等，這就是阿根廷探戈的一套傳統文化和習俗。對朋友、對人們、對社會、對城市，尤其是在布宜諾斯艾利斯，我們在日常生活中呼吸着探戈。

如果說探戈如何改變了他們的生活，是經常旅行。何塞曾入圍 2011 年探戈布宜諾斯艾利斯舞蹈錦標賽舞台組決賽，並入圍 2012 年舞池組（Pista）和舞台組（Stage）決賽。2010 年至 2015 年間，他前往日本和歐洲（波蘭、西班牙和法國）巡迴演出。卡拉曾入圍 2012 年探戈布宜諾斯艾利斯舞蹈錦標賽決賽，並於 2014 年在布宜諾斯艾利斯舉行的大都會探戈錦標賽中獲得米隆加類別第一名和舞池組第四名。2014 年和 2015 年前往德國、瑞典和土耳其巡迴演出。

作為一對職業情侶，何塞和卡拉自 2016 年以來一直一起跳舞。他們曾在布宜諾斯艾利斯知名場地教學和表演。2017 年至 2022 年間，兩人以教師身份前往歐洲和亞洲巡迴演出。他們在 2016 年探戈布宜諾斯艾利斯舞蹈錦標賽上入圍決賽，此後他們贏得了多個官方探戈冠軍頭銜。

兩人起初是朋友，但隨着時間的推移，他們開始成為一生的摯愛伴侶。兩人一起跳舞已經八年了。卡拉說：「此刻我仍可以說，這是一個美麗的決定。」他們共同擁有着許多優秀舞者想贏得的願望——世界冠軍。何塞強調，大家要從練習步開始，再研究技術和形狀，例如如何轉彎、如何做切步、如何做「Gancho」。卡拉補充：「學習探戈，不是學習語言。當你開始學習語言時，你需要先找到字母、單字、再學如何書寫、如何說話；但當你跳舞時，是關於感覺的。如何透過這些步驟，能表現更多感受？它基於你所學的內容，和主要步驟，但需要更深入。探戈沒有任何特定的舞序，是要讓我們帶着很多感覺、情緒來練習，再創新。」

卡拉給舞者的建議是：希望那些接觸探戈的人，對文化有着尊重，探戈不僅僅是舞蹈，不僅僅是一場表演，不僅僅是比賽，它是一部活歷史。

曾參與之國際賽事獎項及其他資歷

2017 Tango de Pista SubChampions (2nd Place) at the Tango Buenos Aires Dance World Cup and Milonga Champions and Tango de Pista Champions at the Metropoitan Championship in Buenos Aires.

2018 Tango de Pista World Tango Champions at the Tango Buenos Aires Dance World Cup (and they were also Stage Tango finalists in the same edition).

Judges at European Tango Cup 2018 in Bellaria Igea Marina, Italy.

Judges at the Tango Chilanfo Festival in 2018

Judges at the Metropolitan Tango Championship in Torino, Italy in 2019.

Official Judges at the European Tango Championship in 2022, Preliminary of the Tango Buenos Aires Dance World Cup.

森鈴絮語

：他們再次話證明，找到一個好的舞伴，非常重要。

：何以見得？

：首先，他們外形是絕配。男的膚色黑黝，很「南美」；女的皮膚白皙，很溫柔。而且，兩人有共同目標，堅定努力參賽，屢敗屢戰。

：他們和其他舞者有一點很不同。

：甚麼？

：他們不是從小就學跳探戈，反而是 18 歲才開始跳。

：對，他們都是後來居上的舞者。

：所以，你常勉勵跳舞學生——學無前後，達者為先。

：跳探戈無需死背硬記舞序，是可以跳到 90 歲的舞蹈，甚麼時候開始，又有甚麼關係？

：卡拉給舞者的建議是——希望那些接觸探戈的人，對文化有着尊重，探戈不僅僅是舞蹈，不僅僅是一場表演，不僅僅是比賽。

：探戈有着非常深厚的歷史。跳舞前，要先了解歷史，了解我們為甚麼要這樣做。

約翰尼（Jonny Carrajal）和瑞雅（Suyay Quiroga）——在別人眼中的非常好運

踏入陽光和熙的舞蹈室，四壁白牆令人感到很光潔，彷彿是世界上隱密的寧靜角落。在這裏有一位俊俏的大男孩，一身時尚打扮，手上卻捧着傳統的阿根廷飲品——瑪黛茶，很滋味地吸啜着。他看見我們，用亮閃閃的眼睛和燦爛笑容表示歡迎。

約翰尼和瑞雅曾奪得 2023 年阿根廷探戈世界冠軍。令人難以置信的是，他們在比賽前十個月才開始夥拍跳舞。本來，他們沒可能一起跳舞。瑞雅出生於阿根廷莫隆；而約翰尼是哥倫比亞人。大約十年前，當約翰尼抵達布宜諾斯艾利斯時，他與瑞雅相遇了。在舞會上，瑞雅走近他的桌子，告訴他，她喜歡他跳的舞步，兩人就開始了友誼，互相欣賞。可是，兩人從未合作，直至前年他們失去原有拍檔，約翰尼於是說：「好吧，讓我們試試看，這會發生甚麼。」他們的友誼，令兩人非常確定個人可以做甚麼，加起來又可以做甚麼。

瑞雅說：「有時候，他提出的想法我不喜歡，但至少到我離開舞室時，卻知道我喜歡他提出的想法，我對他選擇的一切都感到滿意。」這就是兩人合作的開始，而在這一年，他們並不知道是令人難以置信，有着美妙經歷的一年。

約翰尼在波哥大北部的曼尼茲萊斯（Manizales）出生並長大，從九歲便開始跳探戈舞。他說：「這是我父母放學後帶我去的社交活動。對我來說，這是一場遊樂，非常有趣。」直到 15 歲那年，他才意識到他對這舞蹈，埋藏着一種激情。他說：「在那兒，我發現了自己迷上了探戈的即興。直到那一刻，這不只是一種娛樂，我知道，我想把自己奉獻給探戈。」他決定以探戈作為一種藝術表達工具。於是在十年前來到這裏，布宜諾斯艾利斯，因為他想進一步了解探戈。「我不再離開，我要成為了一名專業舞者。從那時起，我認識了自己，也認識了世界。」約翰尼說探戈很奧妙：「它的特殊之處，使它與其他舞蹈不同。這就是令舞者，與它墜入愛河的原因。」他雙眼充滿興奮。

瑞雅從很小的時候開始跳舞，像大多數人一樣，她從古典舞蹈開始。但是，在八歲那年，父親的朋友令她遇上探戈。「我當時正在學習古典舞蹈，他們帶我們和我的兄弟阿尼肯一起跳舞探戈。我們很高興，父親的朋友將我帶到了舞池，教我們跳舞。對我們來說，這是兩個多小時的遊戲時光，非常有趣。」瑞雅在那個年齡，既不知道甚麼是探戈，也不知道這對阿根廷文化又意味着甚麼。瑞雅說：「一開始覺得是一項非常有趣的活動，到後來，感覺就來了。」她補充，探戈就是阿根廷。它與他們的文化非常相近——溝通，就是兩個靈魂的交流。「我們要做的，是即興創作。這在舞蹈世界中，並不常見。」從那以後，瑞雅沒有停止跳探戈。她知道，要選擇這職業並不容易，尤其對女人來說。她父親告訴她，探戈幾乎沒有前途，很多人都在混生活。這就是為甚麼瑞雅仍然有跳古典舞蹈，從而獲得經驗，幫助了她之後的探戈生涯。

他們一起組成了一對獨特的探戈組合。當被問及比賽的感覺，瑞雅說非常享受。這是她第一次如此享受冠軍。他們十個月前開始，每週四次進行訓練。瑞雅說：「我認為獎項，是在練舞室贏得的。」約翰尼說，他在他的拍檔身上學到很多。他說：「我欽佩她，她很早已是一名探戈老師。」在密集訓練時，他們意識到自己非常了解自己的舞步，但是他們要努力定義一種新風格。在比賽場上，他們抓住了陪審團的注意力和想像力。

瑞雅有自己的丈夫，和約翰尼的關係，就是跳舞的伴侶。我們會平靜地跳舞，時間過去了，離開舞台，兩人會說：「好吧，就這樣了。」輕鬆道別，回到自己的生活。比賽之後，疫情消退，他們不停在國內、國外巡演。兩人正處於職業生涯和生活中的一個時刻，約翰尼說：「兩個人一起決定去哪裏、何時去。有一天，當感覺到這日子像雪球壓得我們喘不過氣來時，也許我們可以停下來一會兒。和家人在一起，這樣就不會承受來自外界的所有瘋狂壓力。」

瑞雅和約翰尼在世界各地包括中國，巡演教課。他們很喜歡中國的學生，瑞雅給初學者的建議是，要隨時嘗試去了解自己在探戈中的角色，探戈中只有兩個人，不必在意其他人。約翰尼覺得，身為舞者，可以幻想在探戈中找到一個避難所，一個與一群

朋友分享的地方。在學習過程中，你必須承受壓力，但不必獨自度過一段糟糕時光。不必產生緊張，相反應享受樂趣，並讓你的拍檔享受樂趣。

瑞雅和約翰尼沒有甚麼很個人化的舞序，他們更優先考慮音樂感。瑞雅最欣賞，是約翰尼給她音樂感。兩個人對音樂的喜好很不同：瑞雅最喜歡的歌手是阿爾伯卡，約翰尼喜歡管弦樂隊，喜歡魯本華雷斯，正是他在家裏常聽的探戈。他們跳舞時很在意素質，舞步的素質，音樂的素質，他們覺得，音樂就像鹽和胡椒粉，能令舞蹈的味道更豐富。

瑞雅說：「當你必須創造時，你必須建立信任，感覺被拍檔支持。要覺得站在你面前的人，會和你在一起，即使你犯錯，罪惡感亦會減輕很多。所以，我總是充滿信心，無論發生甚麼，都不用害怕，只要與拍檔在一起跳舞。」

曾參與之國際賽事獎項

Tango de Pista World Champions 2023

Tango de Pista Metropolitan Champions 2023

Vals Metropolitan Champions 2023

森鈴絮語

：在別人眼中，能與夥拍了僅十個月的舞者在世界錦標賽中奪冠，是天大的好運。

：表面是偶然，但當大家了解之後，就發現他們自小浸淫在探戈中。

：要成為舞者，自己努力就可以；能否成為世界冠軍，很視乎你有沒有一個可以和你走得更遠的舞伴。

：而且，他們都必需具備高瞻遠矚——要知道自己想要甚麼。

：瑞雅和約翰尼強調自己沒有甚麼很個人化的舞序，他們只會優先考慮音樂感。

：這證明，平凡舞步都可以奪冠。

：重要的是……

：你常掛在嘴邊的「Quality」！

塞巴斯蒂安·玻利瓦爾（Sebastián Bolívar）和辛西婭·帕拉西奧斯（Cynthia Palacios）——試圖成為一種樂器

塞巴斯蒂安・玻利瓦爾（Sebastián Bolívar）擁有非常與別不同的外表，他的打扮比較像一位電單車手。然而，任何人都會記得他奪得 2022 年探戈世界錦標賽冠軍時，激動得淚流滿面，並為他的句子增添了夢幻般的感覺：「去年我們是亞軍，現在我們手持冠軍獎杯。通往神奇世界的大門打開了。」他說。「我們很高興認識許多致力於此的人。我們有幾個朋友是世界冠軍。我要感謝所有陪伴我們成長的老師。那些給我們建議、經驗和探戈的人。感謝他們，我們才來到這裏。一扇通往世界各地工作的大門打開了。現在我們必須從一個城市到另一個城市，從一架飛機到另一架飛機。」辛西婭 ・ 帕拉西奧斯（Cynthia Palacios）當日亦感動地說：「我們帶着滿載夢想的手提箱來到這裏，還有所有陪伴我們的人。」他們感謝許多來自南方的人一直鼓勵他們。

來自巴塔哥尼亞的塞巴斯蒂安和辛西婭，從很小的時候就在探戈環境中彼此認識。辛西婭從 10 歲起就開始跳舞，塞巴斯蒂安則從 5 歲起就開始跳舞。

起初，塞巴斯蒂安參加舞會時，會穿着西裝，穿得像舞會舞者，然後隨着時間的推移，他開始意識到外表不是最重要。如果今天一個年輕人看到我跳舞，他們會認同，並說：「哦，看，我也可以跳舞，我不需要穿西裝或擁有任何東西。」

他們和很多舞者一樣，父母是他們最早的跳舞老師。對他來說，這是一個遊戲，一開始就是一個遊戲。他跳探戈已經快 22 年了，以探戈為職業已經將近 12 年。從巴塔哥尼亞開始，他跳的第一種舞蹈，就是探戈。然後，他才開始研究阿根廷的傳統舞蹈。

阿根廷人有一種生活方式：互不認識的兩個人，可以給一個擁抱，或者給一個吻。因為這種自然的親密感，他們可以用探戈來增強擁抱，這就是讓探戈更加美麗的原因。「這就是為甚麼你們都想來這裏感受一下，因為探戈在阿根廷、在香港、在美國都是一樣的，到處都是探戈。同樣的音樂，同樣的人物，一切都是一樣的，但阿根廷有一些不同的東西，我想就是這樣。」塞巴斯蒂安很有信心說，他是如何透過擁抱和舞蹈，與別人分享他生命中的三分鐘。

他喜歡所有音樂，喜歡民族音樂，也喜歡搖滾。他尤其喜歡看影片，留意到 Alejandra Mantiñan 和 Aoniken Quiroga，他們看起來像是一體，完全超乎他想像。很長一段時間他都把他們當作參考，尤其是 Aoniken，確實標誌着塞巴斯蒂安從舞台探戈轉變為舞廳的探戈。

他相信好萊塢藝術家能夠讓舞蹈傳遍世界各地，達到非凡的水平。他和搭檔辛西婭將此視為目標。對他們來說，舞蹈的成長不是來自老師教學，而是老師看待探戈的方式。他學習老師們如何規劃自己的職涯，這對他們幫助很大。

塞巴斯蒂安過去幾年一直在韓國和世界巡迴教學。他目睹許多舞者跳了很多年，但仍處於中級水平，始終達不到高級水平。但在他來說，這是初學基礎穩固與否的問題。「我在另一次採訪中與辛西婭交談，我們認為去上課，並練習基本步驟和基本技巧非常重要，因為通過更多練習，你才會知道探戈的根本。相反，如果你總是跟着教練學舞步，但你忘記了基本技術，是很難達到更高水平的。有了基礎，繼續發展，需要更多用自己的想法，需要更多使用自己的身體，所以舞者需要為此付出更多。」他們去了韓國，這是他們在亞洲唯一去過的地方。在他看來，韓國是水平非常高的地方之一。他們去伊斯坦堡也找到高水平的舞者，在意大利的一些地方也發現了不錯的舞者。但他喜歡韓國。韓國的課程非常密集，人們很熱衷學習，在首爾，在釜山，他們覺得所有亞洲人都以同樣的方式嘗試探戈。大家把探戈視為嚴肅的事情，負責任的事情，他們想要學習，他們想要探戈。他相信亞洲是一個巨大的舞者社區，對探戈會做出非常大的貢獻，他認為探戈正走在一條非常好的道路上。

「我們教課，無論走到哪裏，都會跳探戈。」辛西婭曾說。他們曾三次進入世界盃決賽，兩次登上頒獎台。對於這對冠軍來說還不錯，但其實我們和辛西婭參加比賽這三年裏，很長一段時間都在想怎麼跳舞，怎樣令他們進入世界錦標賽。在此之前，他們真的意識到必須以參賽的方式跳舞，這對他們來說確實是很自然的事情。塞巴斯蒂安感到跳舞時的自己很不一樣，他想創造一些東西，創造、創造、創造⋯⋯「當你發現自己處於那種即興創作中，舞者之間能做的是內在心理工作，坦誠溝通，這就是為甚麼我們能夠維持我們的舞蹈。這不是過去的事情，而是繼續存在的事情。」

在比賽中我們會有同在的感覺，超越外在，感覺是同步的，這就是我們想以贏得世界冠軍為目標的動力。

「我喜歡表演，但是我更喜歡探戈舞會。可能對我來說，當我去表演的時候，我心裏就覺得這是我的職業，我沒有出錯的可能，難以放鬆。在表演中我通常會感到一點壓力，但在探戈舞會是沒有的，我和我的舞伴或和其他朋友一起跳舞，感覺很輕鬆，對吧？」塞巴斯蒂安微笑。

既然塞巴斯蒂安如此喜歡探戈舞會，可曾在舞會中，有那麼一刻，發現自己和舞伴經歷了魔幻時刻（Magic Moment）？「是的，我經歷過忘我的一刻，這才讓我在舞會上感到如此神奇。」多年來他們一直用舞會作為練習，一起練習我們在課堂上所學的事情。在這氛圍中，兩人深入探討探戈；他認為有一些東西讓他與辛西婭有很多聯繫。

塞巴斯蒂安常常試圖成為另一種樂器，不成為舞蹈主角，而是以身體演奏。因為他相信探戈永遠是主角，他們必須做出更多貢獻，讓探戈更加引人注目，並且有越來越多的人跳探戈。他的最深感受，不是跳舞，而是看到其他人如何使用舞蹈作為治療，作為幫助，作為樂趣，作為了解另一個人。在探戈中，他們就像赤身裸體一樣，展示自己，真正的自己，就是在探戈中的他。「我來自巴塔哥尼亞這個內陸地區，但因為我們的夢想是能夠到達布宜諾斯艾利斯，所以我相信很多人來布宜諾斯艾利斯只是為了跳舞。我愛我出生的地方，但探戈把我帶到了其他地方。10 年前，我來到 Casa de Tango 工作。我沒有表演，因為我不是一個知名人士，我嘗試與所有人一起參加所有我能參加的課程。我們漸漸在探戈舞會中有了名氣，這讓我感到高興，每天晚上我們有兩個以上的舞會可選擇。白天工作、晚上工作的人都會去舞會，我想跟你聊一會兒，我想見你，在舞會見，也許在內陸地區這種情況不常發生——因為城市很小。」

塞巴斯蒂安剛到布宜諾斯艾利斯時認識了很多老師，遇到了 Graciela González，也遇到了 Fernando Valera。當他遇到 Aóniken 時，還很年輕，只能留在布宜諾斯艾利斯一兩個月，因為他必須完成學業。到他能夠在來布宜諾斯艾利斯生活時，Aóniken 卻不在阿根廷。所以他想參加探戈世界錦標賽，因為他必須爭取學習的動力，改變他的舞蹈。

他們在比賽時總是說：做你自己。如果你清楚自己想要甚麼，你就必須展示出來。在舞台上盡可能真實。「對我來說，探戈就是我的生命，我為此而活，我熱愛我所做的事情。」

曾參與之國際賽事獎項

Tango World Champion 2022 in the category "Tango de Pista"

森鈴絮語

：塞巴斯蒂安外形很強勢，但原來跳舞時，非常細膩。

：這份細膩，來自他懂得收放自如。

：這對一個體形壯健的人來說，很不容易。

：所以，他的技巧，他的質素，更見藝高於人。

：我發現，每位世界冠軍都有一個共通點。

：是甚麼？

：視探戈為生命。

：的確。如果對待跳舞，能和對待生命一樣，才會如此熱愛所做的事情。

：就像我們喜歡寫作，也喜歡跳舞。

：沒有人天生有 48 小時。一切，只因為熱愛。

維吉尼亞·瓦斯科尼（Virginia Vasconi）——然後病毒就進入了我的血液

維吉尼亞是享負盛名的探戈教師。

她在阿根廷科爾多瓦出生，從五歲起就開始跳舞，幾乎一生都在跳舞。開始時學習芭蕾舞和藝術體操。曾是一名爵士舞老師，接受過伸展、瑜伽、芭蕾舞和現代舞的訓練。她接受過戲劇和表演方面的培訓，也是瑜伽和身體生物力學的探戈技術的創造者，其主要特點是自然、流暢和有機運動。

她在阿根廷許多著名劇院與不同的舞團一起跳舞。設計、戲劇……甚麼都做了一點，但主要是探戈。

為甚麼選擇探戈呢？維吉尼亞在劇院表演時，探戈只是她剛剛跳的眾多舞蹈之一。當她 19 歲時，她和一起跳探戈的男朋友分手，她的情緒崩潰。探戈該怎麼辦？她想放棄，但治療師對她說：你應該回去跳探戈。這是你應該做的，因為你的身體非常強大，透過你的身體，你可以治癒需要治癒的東西。重新維持關係，成為領導者，又或追隨者，探戈可以令你重新建立信任。

她於是回到探戈。她從另一個探戈視角開始，用另一種思想、心態，看看如何學習領舞，即興創作。「然後病毒就進入了我的血液，因為一旦你有了探戈，它就永遠存在了。」維吉尼亞微笑。

起初，她加入探戈公司工作，是為了表演舞台探戈、創作表演或在舞廳表演。但後來，她開始發現自己的探戈和自己的方式，到了飛翔的時候。她便跟自己說：「我不能留在這裏了，因為我需要自己的舞步來表達和分享我認為只是我的事情。」2015 年，與胡里奧 · 巴爾馬塞達（Julio Balmaceda）一起創作了節目《探戈，兩人的社會》，並在俄羅斯聖彼得堡首播。

探戈這回事，是即使你和舞伴一起跳舞，在教學、學習或舞蹈方面也是非常個人化的。你可以和任何人跳舞，但你仍然是你。如果有團體或公司打電話給我，我可以參加一些節目，但我想做我自己。現在，我是一名獨立舞者。在阿根廷，沒有舞者聯會之類。只有一個協會，但規模很小，管理範圍也不廣。不過，現在的我已經有了自己的事業，可以養活自己，也可以保護自己的專業。

當我開始的時候，如果沒有任何機構或其他東西的支持，自己做起來是非常困難的。至少需要啟動某種補助金或一些資金來開展業務，又或購買出國旅行的機票。所以，在起步時，她曾是布宜諾斯艾利斯著名的 DNI 探戈舞團學校的成員，由達納 · 弗里戈利（Dana Frígoli）指導，擔任教師並與喬尼 · 蘭伯特（Jonny Lambert）一起擔任舞者 7 年。2015 年，她開始跟隨偉大的老師兼舞者胡里奧 · 巴爾馬塞達（Julio Balmaceda）一起跳舞，直到 2020 年，她和他一起巡迴世界教授和跳探戈。有他們支持，我是較早一批跟隨公司或作為個人教師和表演者得以出國。

DNI 是當時唯一一家具規模的表演和教學公司，直至最近才關閉。當時它非常成功的主要原因是，它是唯一一間：集上課、練習、舞會、衣服、鞋子、酒吧等。與來自世界各地的朋友交流，非常愉快。然而，從經濟上來說，這可能不是最明智或最好的選

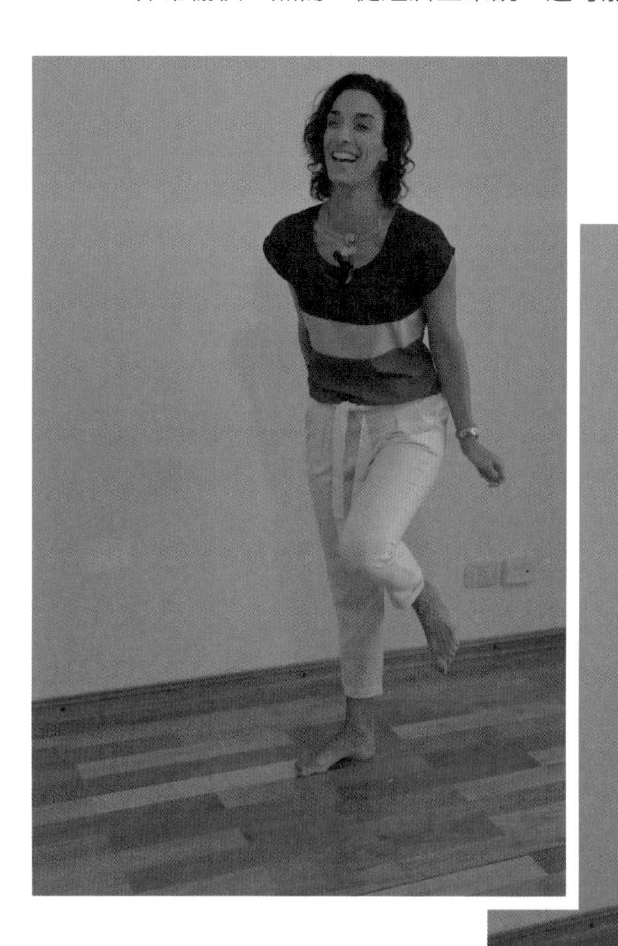

擇，因為在阿根廷開展業務很難，是一週 7 天、24 小時都在努力的事。它關閉的原因，是經濟狀況不足以支持這樣的學校。現在的阿根廷探戈學校，只是提供課程。但，我們已經沒有像 DNI 以前那樣的集結點。

她想在阿根廷開辦探戈學校。這在藝術和教學上都是非常有價值的，因為人們來這裏是為了探戈。「如果他們來這裏是為了探戈，這裏就是這座城市。」在這裏，無論你走到哪裏，人們都

會感受探戈的魅力。在街上，甚至走了一個街區，你都會完全沉浸在探戈之中。這也是她搬到布宜諾斯艾利斯的原因。她希望能夠在未來實現自己的夢想。當她退休時，會在這裏蓋一所學校。也許沒有 DNI 那麼大，但希望是一所有系統的學校。她會和一些有相同的意識形態和教學理念的老師，致力於此。

作為一個對教學如此熱誠的人，從她的角度來看，學習中最重要的是甚麼？「當有學生決定要學探戈時，我會問他們：為甚麼？是甚麼讓一個人進入探戈？我需要知道原因。」是尋找某種體育活動？是喜歡音樂？是尋找與某人的社交互動？又或只需要被別人擁抱或擁抱別人？

很多人想與其他人建立聯繫，但他們在日常生活中很難做到這一點。最重要的是，學生先要知道這是一種共享舞蹈。「因此，我們需要找到一種不害怕擁抱的方法。」因此，即使是初學者，維吉尼亞也會以擁抱開始課程。「好的，抱抱我。好吧，這就是我們將來跳舞的方式。」這是她的開場白。她要教學生，不要害怕身體接近或身體接觸。下一步，要能夠辨識自己的身體。「很多人不知道自己的身體是怎樣，我需要以正確的方式放置我的身體，這樣我就可以與其他人分享它。我需要對自己的舞蹈、自己的身體負責。一旦有了這些，我們就從最基本的開始。」維吉尼亞笑言，在這方面自己一直是非常老派的。

那麼，要如何溝通呢？作為追隨者，維吉尼亞強調，需要非常了解自己的身體，做好準備，準備好接收信息，並以另一個微妙的水平進行反應。然後，兩人開始用身體對話。

曾參與之國際賽事有關資歷

Official Judge Member of The World Tango Championships (Campeonato Mundial de Tango) in Argentina and all the branches in different countries.

森鈴絮語

：她很特別，從小到大，甚麼都學。

：這絕對有助她日後的編舞工作。

：也懂得用探戈去了解自己的身體。

：正因了解，她治療了由情傷而衍生的心理問題。

：這很重要，探戈擁有一種癒心的能力。

：也許，是因為它連結人與人之間的感情。

：她也提及到，她教學生不要害怕身體接近或身體接觸。

：這與我們在演藝學院教課時一樣，也有學生害怕擁抱。

：維吉尼亞會以擁抱開始課程，我們也有教學生，找一種不害怕接近別人的方法。關鍵往往是——如何突破心結。

：即使來自不同的文化、不同的觀點、不同的社會模式和文化，甚至言語不通，但我們都會說探戈的語言——擁抱。

EURO
CAMBIO
EXCHANGE

發現阿根廷

我回到布宜諾斯艾利斯

西班牙文裏的Buenos Aires，若以中文直譯的話，意思為「好空氣」。布宜諾斯艾利斯是一個位於南美洲的浪漫城市，還記得嗎？多年前香港電影導演王家衛曾用《春光乍洩》將大家拉進美洲的最南端，阿根廷的首都——布宜諾斯艾利斯。將我們的視覺，帶到世界最寬大街七九大道、五彩斑斕的拉博卡鐵皮屋、冷靜與熱情之間的探戈、如走進仙境般的世界最廣闊的伊瓜蘇瀑布，所有最值得被展現的風光，都透過王家衛的鏡頭展現出來。故事中的主角，在阿根廷這片土地上意亂情迷，譜出一段愛與被愛、掙扎於尋找與放棄的故事。

森焱和我，今次正是帶着幾乎一模一樣的心情，來到布宜諾斯艾利斯。

和以往到此一遊不一樣，我們今次是來生活的。就像 19 世紀末帶着各種理由所有離鄉背井的歐洲人一樣，我們把阿根廷看成是第二個家。布宜諾斯艾利斯由西班牙人於 16 世紀建立，是一座貿易城市，居民因而被稱「porteños」，即港口人。感覺上，和我們出生的香港很相似，我們也是港口人。

19 世紀末作為獨立的阿根廷的首都，布宜諾斯艾利斯繁榮昌盛，以其充滿活力的文化生活和令人印象深刻的建築而聞名。至今，這座城市仍享有高水準文化及藝術景觀。建於 19 世紀的科隆劇院，是世界領先，而又令阿根廷人引以為傲的歌劇院。探戈是她最重要的文化，擁有節日、世界錦標賽、舞廳和舞蹈學校。2009 年，聯合國教科文組織正式承認探戈為人類非物質文化遺產。

探戈對於我們來說，蘊藏很重要的契機。為了尋求心中的答案，我們前往幾乎是離香港最遠的城市——布宜諾斯艾利斯距離香港 18,477 公里。而更奇妙的是，這國家原來有非常接近香港的「對蹠點」。對蹠點（Antipode）的意思，是從地球上的某一地點向地心出發，穿過地心後所抵達的另一端，就是該地點的對蹠點。例如香港的對蹠點，正是位於阿根廷境內。

是不是因為這種從地心傳來的熱力和牽引，讓我們與探戈邂逅？心繫這奇妙的緣份，我們捱過兩程飛機，加起來接近 26 小時機程，忍受頭昏腦脹，抵達布宜諾斯艾利斯。

抵埗第一件事，很多人會考慮要馬上在機場換錢。但如果熟悉阿根廷的人如我，就會知道，這地方和早前所知道的，根本沒有改變——兌換貨幣是被人多年詬病的問題。在機場兌換，是 100 美元紙幣換 550 比索的報價；但黑市兌換是過千元。只要找到可信的當地人，立刻就得到了換 950 比索的報價。無論是小

酒館，舞廳，還是酒店，一定有人願意安排以相同的價格兌換，他們不是潛伏在街上的卑鄙黑市商人，而是想在這通脹暴升的時刻，換取微薄外快餬口的小市民。

另一個惹人關注的，是阿根廷最近治安如何？

布宜諾斯艾利斯是座雍容古典的城市，是一座連續十年榮獲拉丁美洲最佳旅遊城市，勝過大家所耳熟能詳的巴西大城里約熱內盧，勝過拉丁美洲人口最多的墨西哥城，勝過位於秘魯的美食之都利馬。

能成為拉丁美洲最佳旅遊城市，布宜諾斯艾利斯最少在治安管理上，是肯花點功夫。因此，我們甫踏出海關，在一個非常現代化的官方計程車預約中心，刷了信用卡付費，一位非常謙厚的司機，就帶我們上車。坐上亮麗的房車，被「不懂說英語仍殷勤接待我們」的司機送到住處，我們的另一頁人生旅程，再次從阿根廷開始。

偶遇Carlos Gardel

因為要創作小說《幻滅既濟》，我們與阿根廷結下不解之緣。寫這本書時，我們把阿根廷的經典場景和人物故事，都放進了去。每一位探戈名師，無論是歌手還是音樂家，在我們心目中不只是巨匠，更是熟識到不得了的老朋友。也許，正是這種不知不覺的牽引，這次的阿根廷之旅，竟然一次又一次偶遇 Carlos Gardel！

卡洛斯 · 葛戴爾，是一位歌手、作曲家、演員，也是探戈史上的翹楚。對許多人而言，卡洛斯 · 葛戴爾代表探戈。葛戴爾在音樂事業到達巔峰時不幸在墜機意外中逝世，因而成為拉丁美洲的悲劇英雄。對的，我們不停遇上他，不是「撞鬼」，而是和他有關的一切。

第一份奇緣，是我們生活的公寓，居然坐落卡洛斯街！起初沒注意到，直至確認住宿時才發現。這間位於阿巴斯托區的公寓，享有市景，又有露台，可以看見附近的大型購物中心，又可俯瞰樓下的文化步道。這裏距離地鐵有三分鐘步行路程，是的，沒錯，我不但住在卡洛斯街，毗鄰卡洛斯地鐵站，天天都經過卡洛斯銅像和紀念小廣場；而且，這裏其實正是他童年度過的地方。和這位神級探戈翹楚的不停相遇，心魂彷彿被他勾走了，令我千方百計想打探有關他的一切。

卡洛斯出生於法國南部城市圖盧茲，母親為一位 25 歲的未婚女人。母子兩人到達阿根廷首都布宜諾斯艾利斯後，卡洛斯的童年一直在阿巴斯托區中央蔬果市場附近度過（目前是阿巴斯托商城）。

我發現街口一間店外，有零零碎碎探戈的裝潢殘件。我想起，葛戴爾是在酒吧開始他的歌唱生涯。其單張唱片銷售量達到 10,000 張，並在拉丁美洲打響名號。又曾在阿根廷、烏拉圭、智利、巴西、波多黎各、委內瑞拉等南美洲國家巡迴演出，也曾在巴黎、紐約、巴塞隆納和馬德里登過台。卡洛斯在 1928 年到訪巴黎三個月，就賣了 70,000 張唱片。由於名氣節節高升，他在法國和美國為派拉蒙拍了幾部電影，完全展現他精湛的歌唱才能和俊俏外貌。

眼前結業了的探戈劇院，是以卡洛斯命名，叫 La Esquina de Carlos Gardel 的劇院。離我家只是 20 米。據當地朋友說，舞者專業敬業，服務人員細心，演出從晚上八點開始，一直到晚上 12 時結束。從窗外窺視，卡座依舊，但探戈靈魂，只能在漆黑之中幽禁。

卡洛斯在 1935 年因為飛機失事而在麥德林薨逝。在布宜諾斯艾利斯的葬禮期間，街道被群眾塞得水洩不通。拉丁美洲無數的樂迷，不分晝夜哀悼他的薨逝。最後他的遺體，被安葬在布宜

諾斯艾利斯的查卡利塔國家墓園。

我雖然無法進入卡洛斯探戈劇院致敬，但卻可以到街尾的卡洛斯紀念館朝聖。

卡洛斯於 1927 年購買了阿巴斯托社區 Jean Jaurés 街 735 號的房屋，當時他已經是阿根廷知名的探戈歌手，並且經常在歐洲巡迴演出，他與母親長期居住在這棟房屋內。在他去世後，他的母親繼續在這裏居住，直至 1943 年去世。這棟房子幾經易手，2000 年阿根廷富豪愛德華多 · 尤尼金（Eduardo Eurnekian）將這棟房屋捐贈給市政府，經修繕後於 2003 年 3 月 4 日開幕，成為卡洛斯 · 葛戴爾故居博物館，對外開放。博物館展現了這位探戈之王的傳奇風采，展品包括生前物品和藝術作品，以及與探戈相關的歷史資料。其中更設試聽卡洛斯的經典名作，最具代表性的《一步之遙》（*Por una Cabeza*）、《回來》（*Volver*）、《你愛上我那一天》（*El día que me quieras*）等等。2003 年，葛戴爾的聲音被聯合國教科文組織（Unesco）列入「世界記憶計劃」（Memory of the World Program）名錄。此外，為紀念兩位國寶級探戈大師──葛戴爾和胡里奧 · 德卡羅（Julio De Caro），阿根廷政府於 1977 年將兩位大師共同的生日 12 月 11 日定為「國家探戈日」（Día Nacional del Tango）。

「CAMBIO CAMBIO」

初來阿根廷時，在五月大街聽到有人大叫「Cambio Cambio」，不以為意。後來才知道，是衝着我而來的。Cambio是西班牙語，指 exchange，即兌換。

一旦阿根廷人有多餘的比索，他們就會用它換成美元。很多人從事被稱為「藍色市場」（Blue Dollar）的非法貨幣交易——這個詞在阿根廷常用來指當地貨幣阿根廷比索（ARS）與美元的非法兌換。每天，這些人都會接待數十名尋求買賣「藍色美元」的客戶。他們在布宜諾斯艾利斯的不同地點來回交易美元，要趕及在當天對數前以獲利。為甚麼遊客選擇黑市兌換？因為，官方匯率比「藍色美元」少一半。

阿根廷人擁有全球流通中 10% 的美元：2,000 億美元，即人均 4,400 美元現金，比美國本土居民還多。大多數阿根廷人還沒有從 2001 年金融危機的創傷事件中恢復過來，當時政府凍結了他們的銀行賬戶，人們無法取回存款，令大多數人選擇流動現金而不是投資。

阿根廷建國時間短短 200 年，首都布宜諾斯艾利斯曾是殖民時期的重要港口，名稱來自於當地平原的清新空氣與藍到可怕的天空。建國後，以西班牙、意大利及法國人為主，大批歐洲各國移民越過大西洋來此定居，使阿根廷開始步上與其他南美國家不同的道路。從 19 世紀末到 20 世紀初僅僅數十年的時間，歐洲文化扎根，阿根廷成為另一個歐洲。如今在 278 萬平方公里的土地上，全國人口僅 4,000 萬，卻有 95% 是歐洲移民。也因此，當你來到了阿根廷，尤其是布宜諾斯艾利斯，我敢保證，你會以為來到了歐洲國家，並對原有的南美印象有 180 度的大轉變。

從 19 世紀初期，阿根廷步入了所謂的黃金世代，當時多位從歐洲留學歸國的年輕菁英把先進思想及藝術品味帶回國內，也因為這片遼闊肥沃土地及移民潮所帶來的勞動力，在當時阿根廷便快速成長為地區大國，而贏得所謂「北有美國，南有阿根廷」的美稱，更在兩次世界大戰中讓這「世界糧倉之國」賺進無限的外匯，經濟規模也曾達到世界第六。因此作為一國之都的布宜諾斯艾利斯，所有最新政策及基礎設施也都從這裏開始實施與建造。

但 60 年後的今日，阿根廷經濟情勢嚴峻，比索不斷貶值。失業率高企，全國近 40% 的人口生活在貧困之中。

在過去的十年裏，美元的地下市場已經遍佈全國，而如今，獲得「藍色美元」就像購買任何其他商品一樣容易。政府不時派出警察突襲，搗毀非法交易所。但當連酒店、食肆、商店都提供兌換，「藍色美元」仍然大行其道。

「我過去一直存美元，因為我的家人也曾經這樣做過。」在阿根廷的舞者朋友說：「我知道這些錢不會貶值，而且我也無法花掉，因為我在這裏無法用美元支付日常用品。」我亦親眼看着，大部份店主的抽屜裏，總是放着一綑綑比索鈔票。當然，這是因為通脹之後，貨幣貶值，買兩個蘋果要花一千比索。

在阿根廷有一個街區叫「中國城」，住的多是台灣人。他們的雜貨店成行成市，最誇張是有數鈔機。除了因為方便中國人習慣的現金交易，最重要還是因為他們可方便兌換。

很明顯，只要比索不穩定，人們就會繼續轉向藍色市場，使貨幣退出正規體系的流通。

南半球首條地鐵路線

布宜諾斯艾利斯幾乎是每個到阿根廷的人，都一定會停留的城市。而旅行的第一步，當然就是搞定交通問題。身為阿根廷的首都，布宜諾斯艾利斯的公共運輸四通八達，幾個主要景點都可以靠公車和地鐵到達，我居所靠近車站，交通便利。每天我們進入卡洛斯車站，總不免被月台上種種細緻描述所吸引。這裏有卡洛斯簡介，繪畫，甚至紀念誌。

布宜諾斯艾利斯地鐵 A 線建於 1913 年，是拉丁美洲第一條地鐵，也是南半球首條地鐵路線。從 1913 年開始，這些比利時製造的 La Brugeoise 車廂運行了一百年。曾被評為世界最古老現役地鐵車廂，百分百木製，到站必須手動開門。速度慢且沒有空調，夏天真的很難受。2013 年 1 月 11 日，接替它們任務的是擁有空調、光線明亮、快速的中國製車廂。與時並進，古典的美，就讓它停留在昔日回憶。

布宜諾斯艾利斯市內移動主要靠的是地鐵與公車，公共運輸的票價便宜到不得了，一程只是港幣六毫子。若到較遠的地區，則有火車，地鐵雖然方便，但公車分佈更廣，兩者搭配，超級方便。地鐵，當地人稱為「Subte」，目前共有六條線，分別為 A 淺藍線、B 紅線、C 藍線、D 綠線、E 紫線和 H 黃線，遊客常去的五月廣場、方尖碑、哥倫布劇院、雅典人書店等地方，基本上乘地鐵就可以抵達。

不要以為南美不會用電子貨幣！在布宜諾斯艾利斯，無論要坐地鐵、公車還是火車，一律都不收現金，只能使用交通卡 SUBE！這聽起來沒甚麼特別，但難就難在這張 SUBE 卡並不容易購買，一是在機場，二是在地鐵站，而且，並非每個地鐵站都有售票員當值。

購買 SUBE 之後，儲值就容易多了。舉凡地鐵站、商店內，都可以充值。SUBE 卡不只可以在布宜諾斯艾利斯使用，像是門多薩等大城市也可以用。

搭地鐵只需進站刷卡；但乘公車的話，要先和司機說目的地，等待司機輸入金額後，再刷卡。刷完等到機器綠色打勾燈亮起，才算成功。司機通常只懂西班牙文，所以，我會先用手機搜尋目的地的西班牙文，然後給司機看。

在拉丁美洲乘地鐵，是一種特別體會。

我曾經到墨西哥旅遊，見識到地鐵人多擠擁，既要防盜之餘，又要記得下車的站名。在那極為繁忙的地鐵車廂裏，經常會碰到很多人進行買賣，小販有時會拿着手推車播音樂，賣的多是平價東西，包羅萬有，糖果、小吃、藥物、電池、玩具……當時就體會到，南美洲很多國家有就業困難的問題。

布宜諾斯艾利斯也一樣，有不少人靠地鐵為生。在最多人停留、流動的地方——地鐵車廂裏，他們會賣些面紙、蠟筆、原子筆與襪子等等，進行買賣。但他們不像墨西哥的小販，不會在車

廂內大聲叫喊推銷。反而，是不動聲色，把一包襪子或一紮好的原子筆，放在座位上乘客的大腿上，或遞到他們手裏，希望有客人會付出金錢，薄利多銷。然而，即使大部份地鐵車廂裏的乘客都拒絕購買，但他們絕對不討厭這推銷方式，更不會指責對方影響他人。若不需購買就不用管，等一會，賣家在下一站到站前，就會來收回東西，然後安靜走往下一個車廂。

一賣一買，像男女初見，有興趣便交流，沒意思便離場。不用討價還價，大吵大鬧，反而是——若無其事。

比礦泉水還便宜的紅酒

我們在超級市場發現，紅酒的選擇是海量般多，而且十分便宜。全球超過七成的馬爾貝克（Malbec）都是來自阿根廷。

然而，這一切得來不易。在 30 年前，阿根廷葡萄酒產業發生了一場革命，部份原因是一種在許多國家僅用於混合的葡萄——馬爾貝克的成功。阿根廷釀酒先鋒尼古拉斯 · 卡泰納（Nicolas Catena）為了尋找更涼爽的氣候，將馬爾貝克種在了海拔 1,500 米的葡萄園中。後來，許多釀酒師也效法尼古拉斯，

並將葡萄樹種在較高海拔的葡萄園中，提高葡萄的天然酸度和風味濃度。

這種顏色深，多汁，但很細小，卻濃郁、柔滑的葡萄，為阿根廷帶來一場驚艷。馬爾貝克葡萄和阿根廷西部門多薩省的土壤的故事，緣起自在 19 世紀中葉。然而，在差不多一百多年後，當地生產商才意識到，皮薄、喜好陽光的葡萄與門多薩的沙質土壤互相結合，可以生產出極具誘惑，而又有利可圖的葡萄酒。隨着老牌生產商意識到馬爾貝克的潛力，他們聘請了來自意大利、西班牙和法國等傳統葡萄酒產區的專家來增強和改進它。門多薩下雨不多，除了馬爾貝克，也種植其他葡萄，如博納達（Bonarda）、赤霞珠（Cabernet Sauvignon）、西拉（Syrah）和丹魄（Tempranillo）等。門多薩的土地下，彷彿就是流着葡萄酒的血脈。

馬爾貝克原產自法國的卡奧爾（Cahors）產區。1850 年，該品種流傳到阿根廷，與法國相比，阿根廷在溫暖氣候下生產的馬爾貝克顏色深濃，濃郁成熟，生命力持久，單寧更柔順，果味更濃郁，有梅子、黑櫻桃和紅色水果果醬的風味。馬爾貝克最顯著的特點體現在其外觀上，顏色極其深濃。若在橡木桶中熟成，葡萄酒也會發出咖啡、香草和巧克力的香氣。

如果想在布宜諾斯艾利斯看酒莊和葡萄園，可以一訪甘博亞（Gamboa），它是距離布宜諾斯艾利斯市最近的葡萄園和酒莊，車程 45 分鐘，佔地 6 公頃，位於坎帕納（Campana），與卡代萊斯（Cardales）接壤。

莊園樸實無華，莊主在把西部門多薩省的土壤運來，鋪在黏壤土上種植了品麗珠、黑皮諾、馬爾貝克、灰皮諾和賽美蓉以及其他品種。而酒庫內所有坎帕納葡萄酒，都是用甘博亞莊園種植的葡萄釀造的莊園葡萄酒。葡萄在現場收穫、加工和發酵，然後在橡木桶中開始陳釀。由於產量極為有限，這些葡萄酒只能在甘博亞品嚐，在市面上比較難找到。

這是一片僻靜的綠洲，讓你迷失在起伏的田野、藤蔓和藍天之中。我俯身在藤蔓前，撫摸着剛從綠色變成紫色的葡萄串時，腦內不斷出現的豐美這詞彙，彷彿這已經和我的胃部連結，想像它引發成熟的酒香，灌注我的味蕾。

這裏的人教我們正確品酒。先要尋找顏色，將玻璃杯放在白色背景下以突出深紅色的葡萄酒。然後從靜止的玻璃杯中嗅聞香氣，再輕輕地傾斜以激活並釋放杯中物獨特氣味。我們品嚐紅酒時，在嘴裏晃了十秒鐘左右，尋找質地、醇厚和特性。而最後是我最期待的部份，把它吞下品嚐。這一切聽起來是如此浪漫，多麼迷人。

當我看見酒莊導賞的美麗女生，滿心歡喜地用流利英語介紹這一切時，我意識到——對阿根廷人來說，馬爾貝克融入了血液。它不僅僅是一樁生意，而是一種生活方式。

Information Box

http://bodegagamboa.com.ar/wine.html

Private Reservations CASA GAMBOA

Whatsapp：11 3084 6084

Tuesday to Sunday from 11 a.m. to 5 p.m.

馬黛茶吸管

來過阿根廷的人，一定曾經飲用馬黛茶。它不單是一種飲品，更是一種聯誼的工具。阿根廷人喜歡與家人和朋友於聚會時一起分享，我的阿根廷朋友們，通常由一人負責沖泡，在馬黛茶杯中裝滿馬黛茶葉，在葉子上倒一些水，透過金屬吸管吸啜淺綠色液體，直到聽到一種稱為「ruidito」的輕微吸吮聲，這表明馬黛茶中沒有液體了，亦意味着是時候倒更多的水，並將容器傳遞給另一個人了。她把熱水倒入葉子上，給旁邊的人飲用。即使在 COVID 之後，大家仍保留這習慣：當這個人喝完後，把茶杯遞回泡茶的人手中，他又會再遞給另一些人。因為，他視你為最好的朋友。

馬黛茶是由巴拉瓜冬青樹的乾葉製成的，是一種綠色的、切碎的葉子，為茶水注入泥土味和微苦的味道，類似於綠茶。起源於土著瓜拉尼人，歷史可以追溯到大約公元 500 年，他們生活在現在的巴西、阿根廷和巴拉圭。瓜拉尼人相信馬黛茶植物的精神力量，並且相信「彼此分享馬黛茶是他們精神上團結的一種方式」。對於瓜拉尼人來說，馬黛茶植物也是多種營養物質的豐富來源，並且可以作為食慾抑制劑，這兩種特性幫助他們在長途跋涉中生存下來。他們用馬黛茶治病，甚至作為宗教儀式的一部份。殖民時期的基督教徒最初禁止飲用馬黛茶，因為他們看到瓜拉尼人有時喝得太多並嘔吐。但後來意識到他們可以將馬黛茶商業化，便開始種植，並在拉普拉塔河兩岸出售馬黛茶。

在過去的幾十年裏，馬黛茶開始蓬勃發展。在布宜諾斯艾利斯，對許多人來說，馬黛茶也是在工作日保持警覺的首選飲料。由於準備馬黛茶、飲酒和分享是南美洲日常生活中不可或缺的一部份，了解如何品嚐，才能真正體驗阿根廷文化。

對於習慣了用即棄紙杯的遊客來說，馬黛茶杯看起來特別陌生。它是一個圓形的、無蓋的葫蘆，這杯子由葫蘆皮製成。啜飲時要用金屬吸管（bombilla），吸管底有一個穿孔底座，可用作過濾茶葉。每個飲用者喝完整杯（通常是兩三口），然後將熱水

再注入葫蘆杯，然後重複此過程，這通常可以持續一兩個小時。直至茶味變淡，就會在葫蘆杯中添加另一勺。

我個人頗為喜歡馬黛茶的味道，有點像綠茶。有些人喜歡添加檸檬或橙皮、薄荷或馬鞭草，而有些則更添加糖、蜂蜜、咖啡粉甚至威士忌，但增加的甜味是個人偏好，有些純粹主義者認為這是一種冒犯。我最喜愛它的純粹，帶點苦澀，然後回甘。所以我收集了不少吸管，並且進行比較和研究。它們分很多種類，除了形狀、尺寸和材質不同，他們還有各種過濾方法，從傳統的扁平吸管，到線圈，到現代的中空湯匙。

扁平吸管是最傳統的，底部像是被壓扁了，阻擋茶葉。線圈式的吸管是一種裝有線圈過濾器的金屬軸。但要注意某些製造商為求降低成本，會使用廉價金屬進行批量生產，可能導致生銹。因此，鍍鉻或不銹鋼是最好的選擇。另一種中空湯匙式，是固定式勺形過濾器，通常點綴着幾十個孔，適合用於不同茶葉大小。中空湯匙亦有一種混合式，具有可拆卸過濾器。

至於清潔馬黛茶吸管，亦是一種學問。我建議在使用任何吸管之前，先用小刷擦一下。因為，製作過程中，有機會在裏面留下微小灰塵或金屬顆粒。飲用之後，使用清水，好好擦洗並沖洗一下，就可以了。對於想要深層清潔的，尤其是扁平的吸管，可將它放入沸水中幾分鐘。對於帶有圓軸和底部有孔的「淚滴型」裝置，最好用刷清除頑固的茶葉碎片。

當你被邀請飲用時該怎麼做？答案是——請務必接受！而且，不要太迂腐地把公共吸管擦乾淨……如果倒水者不確定你的衛生標準，你就不會被邀請，所以你應該回報這種信任。

這種傳統的南美飲料是阿根廷人的文化基石。

最古老的咖啡館

在布宜諾斯艾利斯，沒有人未聽過托爾托尼咖啡館（Café Tortoni）。它除了是阿根廷現存最古老的咖啡廳以外，也是最代表到阿根廷文化的咖啡廳。長久以來都是一些文化學者、詩人、作家、音樂家及藝術家聚集的地方。

幾年前，當我發現這個地方，便引起了我的興趣，原因有幾個：（一）這家咖啡館位於阿根廷布宜諾斯艾利斯；（二）它不僅僅是一家咖啡館，而是一個特殊的地方，可以在這裏追溯阿根廷人民豐富的歷史，並在幾個世紀以來許多藝術家和知識分子的造訪下營造的尊貴高雅的氛圍中享用咖啡。（三）咖啡館外形優雅，而且門簾後面，有着引人注目的金黃燈光，能感受到這個地方的懷舊之情正在召喚自己進去。

托爾托尼咖啡館被 U City Guides 網站，選為世界 10 間最美麗的咖啡廳之一。它於 1858 年由法國移民 Jean Touan 在布宜諾斯艾利斯的里瓦達維亞街和埃斯梅拉達街的拐角處創立，與巴黎意大利大道上，一家有巴黎文化菁英聚集的著名咖啡館同名。到 1920 年，阿根廷畫家貝尼托 · 昆奎拉 · 馬丁創立一個由作家、畫家、記者和音樂家組成的協會，名為「藝術與文學協會」（Agrupación de Gente de Artes y de Letras），簡稱「拉佩尼亞」的文學組織。他們經常聚集在托托尼咖啡館的酒窖開會。從那時起，阿根廷名人和知識分子經常光顧這家咖啡館，包括作家豪爾赫 · 路易斯 · 博爾赫斯和、作曲家胡安 · 德 · 迪奧斯 · 菲利伯托、意大利演員及導演維托里奧 · 加斯曼和西班牙國王胡安 · 卡洛斯等國際知名人士。就連當紅的阿根廷傳媒人亞歷杭德羅 · 多利納（Alejandro Dolina）也選擇這裏來播放他的廣播節目「*La vengenza sera bad*」，極受歡迎。托爾托尼咖啡館於 1880 年遷至現址「五月大道」，外觀由建築師 Alejandro Christophersen 於 1898 年重新設計。店裏有 Jorge Luis Borges、Carlos Gardel 及 Alfonsina Stoni 三位文學家、音樂家及詩人聚會的蠟像，及一些名人的單獨頭像。

儘管 Cafe Tortoni 內開展了許多文化活動，甚至有一間書室展示詩歌以及繪畫，但它的名字卻與探戈息息相關。咖啡館在樓下的 Alfonsina Storni 沙龍，每夜都會舉辦爵士樂和探戈表演，也有探戈教學活動。據說，20 世紀初最有影響力的探戈名家——卡洛斯 · 葛戴爾（Carlos Gardel）在咖啡館內，有一張永久為他預留的桌子。托爾托尼咖啡館上方還可看到國家探戈學院（Academia Nacional del Tango）和世界探戈博物館的門牌。

我來到咖啡館，馬上被它懷舊的內部裝潢吸引。它保留了早

年的裝潢——高高的天花板、堅固的柱子、優雅的枝形吊燈、華麗的彩色玻璃天花板、鑲有歷史照片和名人照片的橡木鑲板牆、鏡子。尤其是閃閃發光的蒂芙尼燈和文化精英經常光顧的圓形大理石檯面桌營造出獨特的氛圍，讓人們在品嚐咖啡的同時體驗一段歷史。

在咖啡館的網站上，它列出托爾托尼咖啡館的亮點是「熱巧克力油條」（Churros with hot chocolate）和「托爾托尼早餐」（Tortoni Breakfast）。但我覺得它的咖啡、飲料、小吃和甜點看起來更吸引：有蘋果酒、葡萄酒，還有「leche merengada」一種冰沙和冰淇淋的混合飲品。

曾住在五月大道的西班牙裔阿根廷詩人巴爾多梅羅 · 費爾南德斯 · 莫雷諾（Baldomero Fernández Moreno）描述了托爾托尼的一次聚會：

儘管下着雨，我還是離開了家

喝咖啡。 我坐下來

在濕漉漉的、拉長的遮陽篷下

這個古老的、著名的托爾托尼。

（摘自傑森 · 威爾遜《布宜諾斯艾利斯：文化與文學伴侶》一書）

這裏沒有便利店

在我房子附近，有一間酒吧餐廳，三間服裝店，都是中文店名。我喜歡到餐廳跟福建老闆串串門，中國人之間，格外親切。他三十多歲，數年前來阿根廷投靠親友。服裝店是他太太和姊妹的，他的店在卡洛斯大街街口，外牆是不知裝潢了多少年的卡洛斯畫像，有點破舊，但又和他五光十色的酒吧很配，像大時代和文藝復興交融。侍應給老外的都是西菜餐單；見我們是中國人，會叫老闆來，給我們另一個餐牌。上面都是福建炒飯、肉絲炒麵，蒜蓉菜心等等數十款。賣酒賣串燒給本地人，賣家鄉菜給中國同胞，中國人做生意多聰明。我們在阿根廷生活久了，特別想吃湯麵，偏偏超市連想買一個杯麵也沒有。我喜歡間中到他的店去吃麵。

後來，找到有杯麵的地方，不是當地大型連鎖超市，而是我們兒時常見的「士多」，即雜貨店。但數十元一個太貴，我寧可付多一點到福建老闆的餐廳。說起雜貨店，每隔兩三個街區就有一家，它們多半沒有名字、入口也沒有招牌，鐵門鋼閘，這裏的人一概稱之為「chinos supermercado」（中國超市）。

阿根廷的雜貨店，幾乎全都是中國雜貨店，全國擁有大概13,000 間以上的中國超市，密集程度雖不及香港走三步就看到一間 7-11 或 OK 便利店，但多走幾個街區一定會看到一間。所謂雜貨店，不只賣糧油食品，它更像一間便利店和微型超市混合體，供居民日常生活應急，像是廁紙快用完，或者煮食時沒生油，甚至買幾份急凍食品回家加菜色。

和很多遊客一樣，起初我因為中國超市昏暗、狹窄的空間，不太願意去。但住了下來之後，發現如果只需要買數件小東西，特別走一大段路去連鎖超市，實在費時失事。這裏從意大利粉到亞洲白米，橄欖油到醬油，一應俱全，但由於地方淺窄，購買時不及超市得心應手，但以價格來說的話，實在沒甚麼好抱怨的。（唯一是這裏的紅酒供應選擇不多，完全輸給超市。）

每次入店舖，必然見兩類人一起工作——本地人和中國人。這和阿根廷中國雜貨店裏特殊的「分工文化」有關。在阿根廷的中國超市，通常一間店可以再分成兩種勢力，超市是歸中國人管，肉食區則是本地人經營，分工分得很明確。

我住的地方附近幾間中國超市，都是這樣的經營模式，小小一家商店像是群雄割據，超市入口收銀台對面是蔬果攤，往超市裏面走還有肉攤，獨立結賬。我問一位常光顧的中國人老闆，攤位間彼此會聊天嗎？他搖頭：「不會，各做各的。要來就開，不來就關。」老闆告訴我，雜貨店不做菜攤，因為沒有那麼多人手可以早上起來去進水果，把店面租出去讓給別人經營，共同分擔店租更便宜。他說在阿根廷，多半的中國超市都是這樣經營，全盤自己營運者不多。

據老闆說，大多數的中國移民大約在 1990 年左右來到，在阿根廷有 15 萬中國人，其中 90% 是在超市、餐廳和乾洗店工作。他們從雜貨店做起，而玻利維亞人是阿根廷第二大移民，約有 35

萬人，控制着這個國家的蔬果產業鏈。超市裏的中國人和果菜攤的玻利維亞人，只隔着一個走道，彼此不說話，不交流。中國人喜歡用和遠方的家人視訊，用中文說，也就不怕玻利維亞人聽懂不聽懂。而玻利維亞人，總是看自己手機，手機裏有時會傳出面書上的西班牙文影片或廣告。

人離鄉賤，各自有各自的鄉愁。在這個小小空間裏，他們正與超市以外，屬於自己的世界連結。

印加玫瑰

站在廣場中央，身邊就是一座金字塔形的紀念碑。不過我從旅行手冊上看到眼前這座是為紀念 1810 年的五月革命而建的。在那場革命中，當地人與西班牙後裔聯手，趁着拿破崙入侵西班牙本土的亂子推翻了殖民總督，建立了今天的阿根廷。

迎着光芒望向東方，一座泛着華麗的玫瑰色澤的典雅建築吸引了我的注意力，大批遊客正湧在門前照相，試圖把自己和五月革命領導者貝爾格拉諾將軍那巨大的銅像連結在一起。這裏就是阿根廷的政治權力中心：總統府；當然它還有個浪漫的名字——玫瑰宮。

紅玫瑰是阿根廷文化的重要組成部份。自從歐洲移民在 19 世紀初期引入這種花以來，它們已發展成為深受人們喜愛，成為國家、美麗和力量的象徵。而紅玫瑰在阿根廷藝術和節慶中也佔有重要地位。布宜諾斯艾利斯著名的玫瑰園是首都的主要景點之一，它們甚至成為美洲第三大出口產品的經濟因素。

而另一種「印加玫瑰」在阿根廷文化中也根深蒂固，它是一塊石頭。

對很多人來說，寶石在不同的地方都有不同的意義和象徵。每一種寶石都有其獨特能量和特質，代表不同價值。人在異地，更想尋找符合自己喜好的寶石。我年輕時去泰國，特別買了一顆象徵愛情和幸福的紅寶石。在印度也曾找到一塊代表力量和勇氣的青金石。這些寶石不僅讓我感受到當地文化的獨特魅力，也成為我旅行中珍貴回憶。

來到阿根廷，自然要看它的印加玫瑰。它的學名是菱錳礦（Rhodochrosite），是一種碳酸錳。這名字來自希臘語「rhodon」，意思是「玫瑰」，而「chroma」意思是「顏色」。

紅菱錳礦是一種常見的礦物，歷史可以追溯到 13 世紀。阿根廷一直是菱錳礦的主要產地，當時印加人開採銀礦時，發現了它，並用這種石頭製作了精美工藝品。菱錳礦具有玻璃光澤至珍珠光澤，硬度等級為「4」。它經常出現在可能發現錳、銅、銀和鉛的地方，沉睡在熱液礦脈中。伴生礦物包括方解石、鐵白雲石、輝長石、薔薇輝石、膨潤土、螢石、錳石、石英、方鉛礦、黃鐵礦和黃銅礦。與另一種類似的粉紅色錳礦物薔薇輝石的區別在於其硬度較低，以及由於暴露在空氣中而形成棕色或黑色的外殼。

阿根廷中部的聖路易斯省擁有最古老的礦山，產自那裏的紅菱錳礦被命名為「印加玫瑰」。它不是仿製或合成生產的，它的色澤源自錳，通常是鮮艷的亮粉紅，深淺度不一；玫瑰色、紅色、淡粉紅色或淺橙色。到了 20 世紀 30 年代，細粒帶狀菱錳礦更成為一種非常流行的石頭，被廣泛用於雕刻雕像。時至今日，菱錳礦仍然作為雕刻塑材，以及盒子或製作項鏈珠等其他首飾。然而，它的材質比較脆，因此通常不用於日常佩戴，通常僅供收藏家切割。收藏家最重視的是被切割成橫斷面的管狀石柱狀菱錳礦，它們清楚地展示了石頭內在美和同心帶。寶石內的帶狀紋，清晰可見，不經意輕微扭曲。這些帶狀紋除了粉紅色和紅色，也可以是白色，黑色或深褐色。

它是經歷千萬年之後，才來到我的眼前。我首次發現它是在 La Boca 的商店街內院，這裏有一間小寶石店。我買了幾顆細小的留念。後來在市集常常看見它，看來本地人也喜歡它，用來襯手環是挺不錯。

拉博卡的午後時光

拉博卡（La Boca）是一個色彩繽紛、風景如畫、充滿活力的街區。我最初所以來布宜諾斯艾利斯，是因為一幀拉博卡的相片，然後心心念念都在那七彩斑斕的彩色木房子上游移。

拉博卡誕生於流入拉普拉塔河的里亞丘埃洛支流河口而得名，連接港口，幾百年來，許多移民，尤其是熱那亞人，他們在這裏上岸，也在這地區定居和尋找工作。該地區的房屋都是用木材和金屬板建造的，並用港口留下的油漆塗上了不同顏色，為這個街區帶來了奇特而迷人的外觀。起初，他們並非刻意把房子漆上不同顏色，只是輪船留下的油漆，每次都不同，他們粉刷外牆時間不同，日積月累，變成鐵皮上的色彩拼布。

拉博卡的主要景點是風景如畫的卡米尼托步行街（Caminito），這裏像一個活的探戈博物館，來自世界各地的舞者都喜歡來這裏朝聖。我們空閒下來時，就喜歡往這裏跑。這地方除了熱鬧的美麗大道，無數的餐廳、露台和畫家攤位，還有隨時在街上表演的探戈舞者。

初學者來到拉博卡，可能好奇為甚麼這些舞者和平常學的截然不同？到底，女人在空中擺動雙腿，又或她的舞伴把她倒過來，那還算不算是探戈？

當然是探戈——分別只在於舞池探戈與舞台探戈。如果仔細觀察，探戈的核心還是依賴兩人的互動，只是「舞台探戈」（Stage）和「皮斯塔探戈／舞池探戈」（Pista）是舞蹈表現的兩種不同形式。兩者各有特點、優點以及隨着時間的推移而發生變化，在探戈舞蹈世界錦標賽都有這兩種類別。

舞池探戈和舞台探戈都是雙人舞，其中講究緊密的結合，不僅是肢體上，也包括情感上。此外，兩者都是複雜的舞蹈，探戈不只是步行，更不是一種雜技。一對跳探戈的情侶是必要由其中一人引導，另一人跟隨。領舞者會隨着探戈的進行，即興創作舞步。至於兩者分別，大概是舞台探戈屬於社交舞蹈；另一種是發生在舞池中間，通常是專業舞者獲邀表演。

我們很喜歡在午膳時間來一家在卡米尼托步行街的餐廳飲啤酒和欣賞探戈。這裏的舞者不但能跳出驚艷舞步，而且她身上的舞衣也凸顯出探戈服裝的美。

阿根廷探戈被譽為「用雙腿說話」的舞蹈，上半身的擁抱很少有動態表現，只是作為兩人之間穩定的溝通基礎，做出腰部以下的所有動作。下有地板、上有舞伴的支撐，這樣才能發揮最大的表現平台。女舞者往往是最終表現者。女舞者用裙襬來放大每一個動作，強化視覺效果，抓住觀眾視覺。

由於探戈的本質仰賴兩人之間的領舞和跟舞，即使熟悉舞序，想依樣畫葫蘆，兩人之間的能量連結不了，跳起舞來還是只得其形而不得其實。探戈當中，當男舞者決定前進，女舞者自然是後退。舞裙正中高衩，能讓女舞者在每一步後踏時，都能露出她的美腿，製造驚艷效果。

為了動態的驚艷，裙幅不能太寬。一但寬了，布料就遮掩美腿，效果不彰。但既然裙幅不寬，要表演舞台探戈時，動作極大，只有一個後衩是不夠用。於是，女士會在裙子的右前方開高衩。為甚麼會是右前方？擁抱時，女士左方是近距離擁抱的位置。也就是說，女方需要使用右側，來表現更多動作。

我覺得，即使不懂跳探戈的人，若能學懂欣賞這點美人心機，也不錯。拉博卡的午後時光，是令人迷戀的街角。

與特洛伊略會面

在阿根廷的朋友知道我們每次來阿根廷都修習探戈，決定介紹一位非常特別的朋友給我們認識。我們和這人見面的地點，不是咖啡館或餐廳，而是更特別的地方——卡洛斯 · 葛戴爾故居博物館。在這位歌手的故居，我和這位新朋友見面。

法西斯哥（Francisco）是一位土生土長的阿根廷人，他的祖父不是別人，而是阿尼瓦爾 · 特洛伊略（Aníbal Troilo），阿根廷最著名的音樂家之一。

阿尼瓦爾 · 特洛伊略是少數讓我好奇探戈音樂為甚麼有一種與別不同的魔力？他是一位充滿靈感的作曲家，創作了永恆的作品，他對別人作品的詮釋也成為了各個時代的傑作。作為斑多鈕手風琴演奏家，他是個性和表達情感的大師；作為管弦樂團的領導人物，他毫無疑問地開拓出一種獨特風格。他知道如何根據自己的音樂理念選擇最好的演奏者，他也懂得選擇優秀的歌手，例如：卡洛斯 · 葛戴爾。

卡洛斯 · 葛戴爾故居博物館提供了一些關於卡洛斯 · 葛戴爾成長和生活的布宜諾斯艾利斯時代和他的生平。展覽中，可以看見很多特洛伊略的身影。在與這位著名歌手的世界有關的不同物品和文件中，特洛伊略常常出現。

小時候的阿尼瓦爾，在住處附近的咖啡館第一次聽到斑多鈕手風琴聲音時，就被它迷住了。

斑多鈕（Bandoneón）琴是一種日耳曼琴體系，其音色變化可媲美一個樂團，原本是作為移動式傳教時，替代教堂管風琴的使用。19 世紀時，斑多鈕在阿根廷風靡一時；這時，在阿根廷與烏拉圭臨界海港處剛醞釀了探戈舞蹈雛形。由於斑多鈕音色豐富的特性，從此與探戈密不可分。斑多鈕大多是雙音體系，典型的斑多鈕每個鍵紐會有多個琴簧，調整為 8 度音階岔開。

法西斯哥告訴我，他祖父十歲時，終於成功說服母親買給他。當時他們打算以 140 比索換取它，14 次分期付款。但在第四次付款後，店主去世了。從此，他和這個曾被人形容為「魔鬼的樂器」結下不解之緣。學懂它並不容易。因為它的鍵盤排列沒有規則，跟其他鍵盤樂器相較，斑多鈕可能是唯一一個左手鍵盤跟右手鍵盤的音高排列，完全無邏輯法則的樂器，順序打亂，亂數排列。而更慘烈的是，音高排列方式不一之外，左手、右手的按鍵數量也不一樣。同個按鍵，風箱打開時與跟關風箱時所發出的聲音又不同。十歲的他要硬背下兩套鍵盤——開關風箱指法，左右兩套，還要能及時切換。

他第一次與觀眾見面是在他 11 歲的時候，在埃爾阿巴斯托（Abasto）的一個舞台上，當時是一個喧鬧的水果和蔬菜市場，如今變成了一個購物中心。後來他加入了管弦樂隊，14 歲時他萌生了組五重奏的想法。1930 年 12 月，他成為由小提琴家埃爾維諾 · 瓦達羅（Elvino Vardaro）和鋼琴家奧斯瓦爾多 · 普格列塞（Osvaldo Pugliese）領導的著名六重奏的成員，皮丘科首次邀請西里亞科 · 奧爾蒂斯（Ciriaco Ortiz）作為搭檔。樂團的第

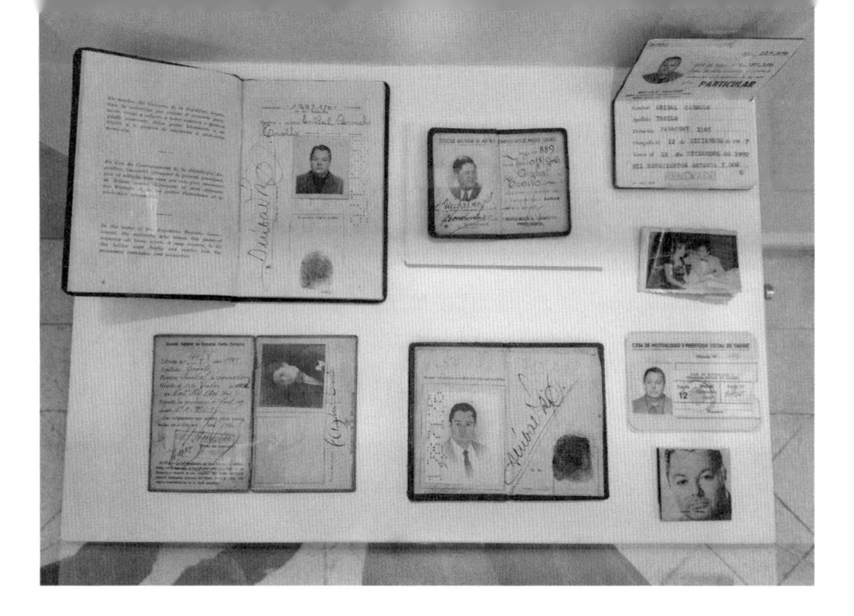

二小提琴手是後來成為著名的樂團首席的——阿爾弗雷多 · 戈比（Alfredo Gobbi）。對，他就是在這種優秀的創作氣氛中成長。

作為作曲家，特洛伊略貢獻了大量的重要作品。他最傑出的作品有：「Toda mi vida」、「Barrio de tango」、「Pa' que bailen los muchachos」、「Garúa」、「María」、「Sur」、「Romance de barrio」、「Che bandoneón」、「Discepolín」、「Responso」、「Patio mío」、「Una canción」、「La cantina」、「Desencuentro」和「La última curda」。

法西斯哥知道他是布宜諾斯艾利斯的神話，於是保留了祖父最喜歡的斑多鈕手風琴，走訪各地展出。一個手風琴，盛載着三代人的汗水，為探戈護航。

Information Box

卡洛斯 · 葛戴爾故居博物館

地點：Jean Jaurès, 735

奇幻舞廳埃爾貝索

探戈舞會，又叫米隆加（Milonga），在舞廳和鄉村俱樂部都有。如果是在鄉村俱樂部，一般是當地居民的日常活動，在週末午後或晚上舉行。在巨大的鄉村俱樂部入口附近，工作人員提供肉餡捲餅和經典的阿根廷米蘭薩餅，鄰里們互相問候，習慣地坐在一起，談天說地，然後跳舞。

另一邊廂，每天晚上九時，當遊客吃完晚餐回酒店，舞者們就開始出動，前往市內不同舞廳，參加一場場正在舉行的舞會。數百人圍着舞池，一對對舞者隨着音樂翩翩起舞。

與布宜諾斯艾利斯各地晚餐表演中為遊客包裝的探戈不同，

米隆加本質上是人們聚集在一起跳探戈的任何地方或活動，這也許可以說是歷史與未來相遇的地方，懷舊的手風琴聲音與活力融為一體，最有經驗的舞者與新手一起分享舞蹈。米隆加舞會匯集各行各業的人：當地的、國際的、年輕的和老的。

這個探戈的地下世界，為舞者提供了體驗舞蹈的最純粹的方式。大多數舞會都會在邀請嘉賓演出，直至晚上剩餘的時間才都會開放即興表演。絕大多數舞會參加者，都喜歡認真學習，精進探戈，但參加舞會不需要具有一定技能水平。大多數舞會會以一堂課開始，不會跳舞的人可以坐在舞池旁邊任何一張桌子，點一瓶酒，觀看別人跳探戈。

這種體驗，與花費數十美元的晚宴表演不同。由學習到跳舞，都是一種隨興，而且，參加一場舞會的門票價格只是 4 美元。

埃爾貝索（El Beso）是市內其中一間最著名的舞廳。每天下午和晚上都有舞會，由不同主辦者經營，各有捧場客。我有時會在午睡之後，或約朋友見面之前，來這裏跳一會兒舞。在十字路口，一個紅色的小窗簾，標示通往探戈的道路，來自不同地方的探戈舞者，一定都曾在這裏與某人交會。

猶記得第一次來這裏，紅色樓梯引導我們上樓時，已經可以聽到探戈的節奏。支付 3,000 比索的門票後，就可以進入晚會。酒吧後面就是正方舞池。前後兩排座位，分隔座位的是小圓桌。坐在前排的都是細心裝扮的美女，和風度翩翩的男士。在昏暗照明下，仍可以在舞池邊看到他們的神情。

一旦眼睛適應了半黑暗，舞者就可以碰碰運氣，用眼神邀請舞伴（cabeceo）。第一次去埃爾貝索的人會感到害怕；彷彿一舉一動都給人一種陌生的感覺。儘管這裏的人幾乎不交談，卻似乎都已經認識了幾個世紀。來這裏的人是為了跳舞，而不是為了說話。在探戈音樂中，有一種令人專注到極致然後放空的氛圍。

在這裏的舞者跳得很好，空間狹小，風格極簡，感覺卻很親密。舞者在擠滿人的地板上移動，看來他們是透過一種密碼系統連結。無數男女似乎融合成一個堅實的整體，只有一種力量推動着它——音樂。100 人在舞池中，時而熱情，時而平靜，但始終是傳統的探戈。

不久之後，我就能分辨出誰較重要，誰不重要。舞池入口右側是舞會中較重要的桌子，坐在這裏的人不是有錢人就是年事已高，他們是探戈中的精英，跳舞不多，但跳得好，並觀察舞池和周圍發生的一切。部份違反舞會規則的人會受到冷酷的鄙視。女士們坐在舞池的左右兩側，稍微擠在一起。她們總是心不在焉地互相交談，目光集中在某些的男士身上。這些男士則坐在舞池的邊緣，等待新來的人。

即使距離很遠，但有緣人總是一瞬間就在陰暗中找到彼此。

最精彩的探戈表演

很早很早，我對探戈已經很有興趣；參加舞蹈課後，我開始領悟探戈的精髓。這種生命之舞，體現在夥伴們彼此直率的眼神中，象徵着對生命的熱情。這就是我對「探戈」的印象，一種起源於阿根廷和烏拉圭的充滿激情和情感的舞蹈。

如果你想感受，不妨看一場探戈表演。Tango Porteño 晚餐表演，是欣賞阿根廷文化這一方面的最佳方式。布宜諾斯艾利斯有很多不同表演，Tango Porteño 的演出最暢銷，門票也是最貴的，媲美百老匯價格。

我在海報上看見，劇場是這樣描述自己的：「我們在 Tango

Porteño 重現了探戈歷史上最重要、最無與倫比的時代。在這個距離著名的方尖碑僅幾步之遙的地方，我們還原了時間和地點。」這地方豪華裝潢，展現出精緻氛圍。

我抵達 Tango Porteño 劇院，出示憑證後，被帶入劇院並坐在中央的桌子。隨着更多的人不斷到來，我注意到許多女性都盛裝出席這個場合。

用餐時間，我選了馬鈴薯湯，雞肉配芝麻菜和帕瑪森芝士配燴飯藏紅花和韭菜蛋奶酥，巧克力慕斯及米布丁佐果仁糖和焦糖橙皮作為甜點；酒水任飲。

吃完甜品，燈光熄滅，演出開始。

如果要說出這和舞廳的表演有甚麼不同的話，那就是——它很鼓舞人心。整整一小時半的表演，從開幕到謝幕，編舞、管弦樂團、服裝和舞台製作都非常出色。

我相信在布宜諾斯艾利斯體驗探戈有兩種方式。第一種方法是透過上課和參加當地的舞會來學習探戈。第二種方法是去看這些專業探戈舞者的表演，用眼睛去享受這種充份展示藝術的舞蹈。

說實話，單看台上表演者的服飾，也值回票價。

一場舞台探戈中，勾腿飛腿是基本，飛天遁地漸成主流。與沙龍舞者選擇剛好遮住膝蓋長度的裙裝，穿進雞尾酒會裏也大方得體的不同，台上表演者選擇了更長的裙襬，大約到腿腓的長度，

而且都開了非常高的衩。說得精確一點：整個上半身到臀部全部採貼身設計，後方正中央高衩開至臀部下方高度，右前方高衩的前方裙片採弧形剪裁。女舞者露出一半以上背部肌膚，舞衣選擇了高反光材質，有種可以走上紅地毯的驚艷。

有朋友常問，女舞者和男舞者時常拼步，但她們穿的細跟高跟鞋是否太不方便？為甚麼跳這種的舞，女生要穿超細跟超高跟的鞋？的確，高跟鞋穿來走路，不特別好——因為，你要往前走，腳跟落地。但在探戈裏，女舞者重心在前腳掌而非腳跟，加上多數的舞步都在後退或轉圈，而高跟鞋剛剛好是一種非常適合後退的設計，而且愈大步愈好走。那為甚麼不不穿闊跟呢？

細跟看來很不穩定。但女舞者鞋跟的寬度，會影響她細微的重心。一般專業舞鞋鞋跟的寬度在 0.8cm 到 1.0cm 之間，再寬就會妨礙女舞者換重心。而且，舞者大部份時間都把力量集中在前腳掌，因此細跟並不會影響她；反而細跟令女舞者重心隨時可以移動，讓她在探戈的每一刻，都能跟上男舞者重心的微小變化，快速反應。

若沒有對探戈真正的認識，只看一場表演，也許覺得這些表演者只是想大方展露自己的蛇腰美臀。但所有的設計，都是為探戈的細節而出現。在深入了解後，你就更能領略到，探戈不只是好看而已。

書店

我一直是書蟲，新書頁上根深蒂固的紙張味道是如此美妙而神奇。因此凡是看到書店的地方，我都會被吸引進去。

來阿根廷之前，我讀過一篇文章，詳細介紹了世界上最令人驚嘆的書店，而雅典人書店（El Ateneo Grand Splendid）名列前茅。雅典人書店是南美洲最大的書店之一，當然也是最豪華的。2019 年獲《國家地理》評為「世界最美書店」。雅典人書店位於豪華的雷科萊塔（Recoleta）街區，正如其名字一樣輝煌，散發着布宜諾斯艾利斯的懷舊優雅氣息。雷科萊塔不僅是這家令人驚嘆的書店的所在地，還有其他著名的歷史景點，例如雷科萊塔公墓，科隆劇院和聖馬丁將軍廣場等。

「El Ateneo」來自「雅典」（Atenas）一字，它的含義是「場所、聚會」，尤其指科學、文學的協會、社團。因此，在歐洲各個城市幾乎都會有以 El Ateneo 命名的場所，也就是文藝組織、舉辦藝文活動、讀書會的地點。若指稱「雅典人」，則是「ateniense」。因此，以「El Ateneo」為名，即為群書聚會之處，就是書店了。雅典書店的標幟是雅典衛城的圖騰，似也可以聯想到文藝復興的拉斐爾的濕壁畫《雅典學院》的構圖與意涵。

雅典人書店所在的建築物起初並不是被用作書店，它由建築師 Peró 和 Torres Armengol 設計，於 1919 年開幕。這座宏偉的建築最初被用作劇院。多年來演出大受歡迎的劇目，包括著名探戈歌手卡洛斯 · 葛戴爾（Carlos Gardel）和伊格納西奧 · 科西尼（Ignacio Corsini）的表演，劇院後來才被改造成戲院。最終在 2000 年，被改建為我們今天所知的書店，並從此成為布宜諾斯艾利斯的旅遊地標。

書店的一個主要特點是其圓頂天花板，上面有來自意大利的納扎雷諾 · 奧蘭迪（Nazareno Orlandi）繪製的壁畫，繪於 1919 年，剛好是第一次世界大戰結束。圖中的仙女、鴿子、天使、花環、坐在中間的仕女，不同族群人士匯聚，象徵重建秩序，展現愛、和平與和諧的力量。書店有多個樓層，藏書約 12 萬本。

舊劇院的陽台也被改造成書架，曾經是舞台的地方還有一家咖啡館。這些書大多是西班牙語，涵蓋主題非常廣泛。

第一次來布宜諾斯艾利，雅典人書店是我夢寐以求的地方。看到了這棟建築就在我面前，我不禁屏住呼吸。當我拍了幾張外面的照片時，我試着保持冷靜，但當我進入大樓並親眼看到這一切時，實在不能自已。我進入書店後立即沿着蜿蜒樓梯到達頂樓，這樣我就可以從上面俯瞰主劇院大廳。從頂樓看到的書店景色簡直令人驚嘆，我只想繼續看下去，直到把它們全部吸入眼簾為止。當又有幾個人加入我的行列後，我知道是時候離開，讓他們擁有自己的時刻了。於是，我又回到底層查看書籍。雖然不懂西班牙文，但我穿過書架時仍然感到十分好奇。我瀏覽了每個架子，但最終只是買了兩本阿根廷探戈歷史圖冊。

亞洲有很多巨型書店，如果只是硬件上的美，或是得天獨厚的經典建築遺產，尚不足以稱絕。雅典書店成為全球最美的書店自有其原因：歌劇院上下七層樓全部利用，寬敞舒適，拱頂的壁畫可以拉近視覺的享受；中庭空間一覽無遺，從底部便可見到書的分類。書店裏還有 WiFi、洗手間、電梯、電動手扶梯和樓梯。結合文藝與科技，又不失古典美，這才能稱得上「世界最美」。

Information Box

El Ateneo Grand Splendid

Address: Av. Santa Fe 1860
C1123 CABA
Argentina

Telephone: 0054 114813 6052

Opening times: 10am-6pm Monday – Friday

Website: https://www.yenny-elateneo.com/local/grand-splendid/

不恐怖的墓園

近來香港流行墳場遊，有不少本地團捧場客。在阿根廷，世界聞名的雷科萊塔貴族墓園（Recoleta），每天吸引着世界各國遊客前來朝聖。

雷科萊塔貴族墓園被認為是世界上最不尋常的墓地之一，於 1822 年被宣佈為該市第一個官方公墓。這個地方充滿精緻的雕刻和莊嚴的柱子。因為整個墳墓結構迷你，這些柱子只到達你的肩膀，彷彿是小矮人王國。你會遇到從希臘神殿到巴洛克大教堂的模型，亦可能因此而會花幾個小時蜿蜒遊走於迷宮般的墓地，因此請記得在入口處拿一張地圖。

前總統、軍事將領、藝術家，以及最著名的貝隆夫人，都埋葬在一座座由石頭和青銅製成的神話般的陵墓中，他們象徵布宜諾斯艾利斯 1880-1930 年的黃金時代，是當時世界上其中一個最富有的城市的締造者。這座死亡之城共有 6,400 多個墳墓，沿着狹窄的小巷和綠樹成蔭的大道密密麻麻地排列在一起。與其說它是一座死亡之城，它更像是一座偉大的劇院。走在迷宮中，你會遇到一場場無聲的人生歌劇。

我看見一個小天使白石雕塑在街角跳舞，又發現在墳墓的台階上，一位石頭製成的寡婦正在給嬰兒餵奶；也有戴着帽的仕女們悲涼地向下凝視，手掌攤開，無聲地、痛苦地祈求……這是一場默劇，豎立虛榮的紀念碑，任由圓屋頂上頭髮盤辮長着翅膀的天使，聆聽世界吹響號角。

這裏誇張的迷你宮殿毗鄰黑暗的哥德式拱頂，異想天開的新藝術風格墳墓與鮮明的古典設計並肩。這裏有一幅美麗的新藝術風格作品，描繪了一位年輕女子淚流滿面地打開天堂之門。她名叫魯菲娜（Rufina），是一位作家的女兒，在 19 歲生日那天因癲癇發作而被錯誤地宣佈死亡，最後被活埋。她在試圖逃出棺材時死去。

瑪麗亞 · 伊娃 · 杜亞特 · 德 · 貝隆（María Eva Duarte de Perón 1919 年 5 月 7 日—1952 年 7 月 26 日），常被稱為貝隆夫人，是阿根廷總統胡安 · 貝隆的第二任妻子。她在身為第一夫人期間積極參與國政，和丈夫並列為貝隆主義運動的領袖人物。她家族的墓穴靠近墓地的中心，在那裏，她躺在數噸鋼筋混凝土下進行了防腐處理。這些鋼筋混凝土被傾倒在那裏，以保護她免受瘋狂者的侵害。死亡時，她躺在雷科萊塔貴族墓園華麗的懷抱中。更多更多的故事，令我在想像這個寂靜墓園，成為通往

煉獄和天界的繁忙路線上的一個中轉站。

如果不想遊走死後的舞台，可以走進另一齣生前的戲碼。

雷科萊塔貴族墓園外有雷科萊塔集市（Feria de Recoleta），它不僅僅是一個週末街頭集市，它這街區的活動中心。雷科萊塔週末市集是布宜諾斯艾利斯最受歡迎的週六市場，可以發現各適其適的物品在出售。

它位於 Pueyrredon 大道和 Libertador 大道的拐角處，並延伸至弗朗西亞廣場（Plaza Francia），是購買紀念品的最佳場所。廣場上展示阿根廷皮革和木材手工製品，還有銀器、葫蘆、陶器和各種珠寶。這裏還可以找到街頭小吃、現場音樂和雜技演員等表演。

Information Box

雷科萊塔公墓每天上午 8 點至下午 6 點開放。

市集週六、週日以及假日開放，營業時間為上午 11 點或中午之前至下午 6 點或黃昏。

走進牛肉王國

在阿根廷吃牛排，幾乎是一個指定動作。阿根廷駐港總領事為了告訴我他國家的牛排有多好吃，曾經親自下廚，在他官邸招呼我和一班好朋友。他告訴我，從 1914 年至 2021 年間，阿根廷人均牛肉消費量為 73 公斤，在牛肉消費高峰期，阿根廷人的平均牛肉消費量更達到了驚人的 100 公斤。

他這樣一說，牛肉能成為阿根廷的大生意也就不足為奇了。阿根廷有廣闊的潘帕斯草原，飼養的牛非常聞名。總領事告訴我，這個只有 4,500 萬人口的國家，居然擁有 5,300 萬頭牛，使阿根廷成為世界第五大牛肉出口國。

在阿根廷，吃牛排是一種國家傳統。我在大街上，經常看見一家家牛排館，可以提供各種各樣的烤肉，有些餐廳甚至提供超過 20 種不同的牛肉烹調配搭。

走進阿根廷這個「牛肉王國」，會被阿根廷人愛肉成癡的心態感染。大部份人都是無可救藥的牛肉愛好者，從廉價串燒快餐店到大型餐館，可見吃牛肉這件事對阿根廷人來說是多麼根深蒂固的生活態度。

阿根廷人吃牛肉毫不扭捏作態，通常都是很霸氣地拿炭火烤牛排來當主角，餐盤上其他的配角很少。這種粗獷的烹調，來自昔日傳統農場工人在野外的「asado」炭火烤肉方式。大部份的阿根廷人，家裏後院都會有烤肉架以方便烤肉。

街上常見叫作「parrilla」的牛排館，這個字指的是烤肉時所用的鐵製烤肉架，由此可見，阿根廷人喜好的牛排不是煎出來，而是直接用火炙烤出來。

我喜歡到方尖碑步道附近的「拉埃斯坦西亞」（La Estancia）吃牛排，幾乎是所有來布宜諾斯艾利斯的美食愛好者都會來的地方。這是一家在 1962 年開業的大型牛排館，主人來自西班牙，透過辛勤工作，貧窮的小子在這裏白手興家創業。

「拉埃斯坦西亞」50 年來不但不斷燃燒阿根廷風味的精髓，更是布宜諾斯艾利斯市中心的燃燒着努力不懈的火爐。1962 年，公司成立之年，一位剛加入公司的年僅 18 歲的年輕人開始在「拉埃斯坦西亞」櫃檯工作，他的名字叫阿維利諾 · 費爾南德斯（Avelino Fernández）。多年後，他成為「拉埃斯坦西亞」的經理之一，參與美食產業長達四十年。

一進門是兩扇彩色玻璃窗，入口旁有一個開放式木炭壁爐，全是烤架，餐廳還會為某些客人提供獨立 Parradillas（烤盤）。

這個可容納 450 人的餐廳，以壁畫見稱，描繪了一片牧場，牛群在周邊走來走去，彷彿是快要跑上桌子。店裏賣的牛肉部位很多選擇，我第一次來時，光看菜單根本不知道甚麼是甚麼，幸好菜單有英文，他們的服務生也會很耐心為你介紹這一塊肉是甚麼名字，有甚麼特色，油花分佈如何。我點了一份里肌肉牛排，里肌肉取自牛的腰脊內側部位，俗稱腰內肉或是里肌肉，一隻牛只有兩條菲力，是牛肉部位當中肉質最為細嫩、脂肪含量低的精肉。牛隻的前腰脊肉部位，運動量稍多，肉質較緊實，其油花分佈均勻，油脂含量低，是常見的牛排使用部位，適合做燒烤、火鍋。

除了牛排，它的酒單上的選項頗多，紅酒搭配牛排極佳。來這裏點一瓶阿根廷出名的 Melbac 紅酒，來配它們出名的牛排，大口吃肉，大口喝酒，這不但是阿根廷人的生活態度，也是我們舞者無可取替的藝術風韻。

意想不到的查卡雷拉

這一天，我們獲朋友邀請來到一所文化之家（Centro Cultural La Casona de Arena）。在布宜諾斯艾利斯邊陲一條安靜的大街旁中，男士穿着漂亮的傳統服飾，女士打扮得花枝招展，準備用祖先的遺產慶祝卡洛斯 · 葛戴爾的生日。

每年 12 月 11 日是阿根廷全國探戈日。1965 年 12 月 11 日，作曲家兼音樂製作人本 · 莫拉爾（Ben Molar）構思了這一日期，以紀念卡洛斯 · 葛戴爾（Carlos Gardel）和胡里奧 · 德卡羅（Julio de Caro）的誕生，向布宜諾斯艾利斯市文化秘書處提出意見，並正式於 1977 年 11 月 29 日頒佈慶祝日。今次我們參加的活動已連續舉辦了 32 年，過去會在 Corrientes 街上一些最重要的劇院舉行，如 Astros、Astral、Lola Membrives、Broadway、Ópera、Nacional Cervantes、Sala Pablo Picasso 等街區舉行。我們獲邀參加的這次活動，是在歷史悠久的 La Casona de Arena 文化中心舉行，並在 Parque Patricios 廣播電台進行現場直播，該電台也在其 YouTube 頻道上向全世界播出。

在阿根廷，不論是舞廳還是文化之家，我們常常都會看見一種舞蹈。它不是獨舞，而是在一群人一起跳舞。我們問當地人，才知道，它叫查卡雷拉（Chacarera），是一種起源於阿根廷聖地牙哥德爾埃斯特羅的舞蹈和音樂。

1911 年，「本土主義」的音樂影響在聖地牙哥德爾埃斯特羅的鄉村尤為強烈，樂隊領袖安德烈斯 · 查薩雷塔（Andrés Chazarreta）創立了該國第一個民間音樂「舞團」（Compañía de bailes nativos）。1917 年，國立圖庫曼大學聘請鋼琴家

在聖地牙哥進行民族音樂學研究，出版物中首次提及查卡雷拉作為一種音樂流派。由於查卡雷拉通常使用八度範圍內的降小調模式旋律，它們在和聲上沒有特色，主要依靠主音和從屬伴奏，偶爾過渡到相對大調。傳統上，他們會用一種木質羊皮鼓（Bomboleguero）來作敲擊，西班牙結他和小提琴奏樂。查卡雷拉起源於西班牙殖民時代，西班牙人和土著血統融合之後，在風格上結合了西班牙民間音樂和舞蹈的元素，加上阿根廷本土鄉村生活精華。

查卡雷拉是一種活潑的舞伴舞蹈，其中包含華麗的快速跺腳。在舞蹈過程中，舞伴們以星形排列，圍繞彼此旋轉。身着斗篷的阿根廷「牛仔」馬褲、黑色皮革闊邊帽和相配的靴子，踩在木地板上的咔嗟咔嗟，與對面身穿五彩斑斕大布裙的女生互相拍掌，穿梭起舞。旁觀者跺腳，增添節拍。然後在中心匯合，最後鞠躬。在阿根廷的民族舞中，男女互相圍成一圈，揮舞着白色手帕——這種舞蹈源自 Zamacueca，一種 18 世紀中期的秘魯舞蹈。

我很好奇，為甚麼鄉村來的舞蹈至今仍然盛行？但凡是布宜諾斯艾利斯的探戈舞廳，都能看到查卡雷拉。我在市中心發現很多舊書店，買了一本有關 50 年代的歷史。在安德烈斯 · 查扎雷塔（Andrés Chazarreta）等著名民間音樂家的推動下，一場民俗復興運動曾經席捲全國，儘管當時的總統胡安 · 貝隆（Juan Perón）進行嚴格政府審查，但民間還是大力宣傳這些音樂和舞蹈。如今，即使是打扮入時的年輕舞者，也懂得唱經典歌曲和跳傳統民族舞。顯然，即使貫穿了幾代人，阿根廷人對當地遺產的欣賞和傳承依舊，並沒有被美國的搖滾樂和嘻哈舞所取代。

在文化之家表演的一位 29 歲男生跟我說：「從我們出生起，舞蹈與音樂就成為我們生活的一部份。當我們年輕的時候，我們迫切地想學習如何跳舞，第一首通常都是查卡雷拉。當我們長大後，會在節日和舞會上跳這些舞步，我感到非常自豪。」阿根廷人覺得，民族舞是屬於他們的瑰寶，並且永遠屬於他們。

年輕的時候喜歡到各地蹓躂，覺得每個景點都很有趣，看各式各樣的建築，更喜歡逛各種商店以及熱鬧的地方。在文化之家，我體驗了一種另類旅遊文化。一個國家的民族傳承，靠的就是這份信念，把祖宗留給自己的好好保存，不問情由，繼往開來。

舞會的神秘邀請

探戈舞蹈正在復興。在日落時分，整個布宜諾斯艾利斯似乎都在隨着探戈配樂的節奏而動，不僅懷舊的老探戈舞者對傳統有了新的自豪感，外國人也對它的憂鬱加倍着迷。

探戈曾經受到布宜諾斯艾利斯當地精英階層的鄙視，並被視為工人階級的粗俗消遣。據說，探戈起源得很卑微，是由那些離開家人在阿根廷繁華的首都開始生活的男人們發展起來的，貧窮的移民和鄉下人在這裏一起跳舞，這種舞蹈表達了男子氣概、激情、渴望和鬥志。20 世紀初，當阿根廷音樂家將探戈帶到巴黎時，它迅速席捲了歐洲舞廳。到了 1913 年，每個人都想跳探戈，直到那時，布宜諾斯艾利斯的高檔舞廳才開始擁抱這潮流。1917 年，卡洛斯 · 葛戴爾錄製了詩意的《我悲傷的夜晚》（*Mi Noche Triste*），以卡洛斯低沉、富有魅力的聲音為特

色，並樹立了一個新的標準。在接下來的幾十年裏，這一流派繼續轉變，傳奇手風琴大師阿斯特・皮亞佐拉（Astor Piazzolla）將探戈帶出了舞廳，並在國際音樂場所將探戈與爵士樂和古典音樂融合在一起。

在探戈舞會裏，很多人一起跳舞，所以要遵守舞程線、流動速度等，甚至不能把腳舉過膝蓋高度，以表達對所有其他舞者的尊重。換句話說，超車、擋路、撞人的，全部不准。這裏有十種禮儀，你不能不懂。

1. 用眼神邀請——傳統方式是男士用輕微點頭的方式要求女士跳舞，稱為「cabeceo」。跳舞前，雙方都會掃描房間，決定下一個 Tanda 想和誰跳舞。如果雙方有同樣感覺，那麼目光最終會不可避免地相遇。

2. 不要急於開始——不要音樂一響起就開始跳舞。在布宜諾斯艾利斯，探戈舞者常會先簡短對談，聽聽音樂節奏，才擁抱並開始跳舞。

3. 不要隨便說「謝謝」——你必需完成三首或四首歌曲（Tanda）後，才想可以說「謝謝」。否則，你的舞伴可能會將其理解為「我已經不想再和你跳舞了」。

4. 遵循舞程線——探戈是一種自發性的舞蹈風格，需要仔細規劃以盡量減少碰撞。這就像一個生態系統，非常脆弱。所有人都應該以逆時針圓周跳舞，跟上前面的情侶，但要留出足夠空間讓他們向後退一步。因而且要避免超車，如果必須超車，請向左側，以便前一對領舞者能看到你。

5. 保護你的舞伴——女士在繁忙的舞池中憑感覺向後退，需要對舞伴有極大的信任，因此領舞者請確保不要讓她受到傷害，因而破壞這種信任。

6. 節拍停時停止——當你夠了解探戈音樂，你就能夠「預測」歌曲何時結束。如果可能的話，在最後一個節拍上精準完成。

7. 跳舞後護送女士回到她的桌子——對於男士來說，護送舞伴回到她的桌子或座位，是很好的禮節。在布宜諾斯艾利斯尤其如此。

8. 如果不跳舞，請遠離舞池——當人們跳舞時，你不要站在舞池邊緣，要體貼地退後一步。

9. 碰撞時道歉並繼續前進——即使這不是你的錯，快速道歉就足夠了。不要把它變成一場爭辯，因為，沒有甚麼比你的舞伴和音樂更重要。

10. 回到平實——在過於擁擠的舞池裏，每個人最好避免用難度高的舞步，舞伴被引領的動作對他人來說是危險的，必須確保安全。

MARABU
RADIO
MARABU
LA RADIO
MILONGUERA

二十七個
必去景點

Buenos Aires Cabildo 市政廳

布宜諾斯艾利斯是西班牙殖民政府在該市的所在地，是殖民時期的市政廳，每日提供導覽服務，現在的建築最初建造於 18 世紀，見證了 1810 年阿根廷革命，並在阿根廷獨立的第一個世紀作為重要的行政建築。

博物館

卡比爾多和五月革命國家博物館，展示原始文物和文獻，以及有關西班牙殖民時代、1806 年和 1807 年英國入侵以及獨立初期的互動展覽。博物館於 2016 年進行了翻修，現在可以參觀前監獄並收藏更多歷史文獻。

Information Box

Buenos Aires Cabildo

開放時間：

週二、週三和週五：上午 10：30 至下午 5 點。

週四：上午 10：30 至晚上 8 點。

週六、週日及公眾假期：上午 10：30 至下午 6 點。每週一公休。入場費 15 比索（週二免費）。

西班牙語導覽參觀：

每週二、三、四、五下午 3：30。（週四也是下午 6 點）

週六、週日和公眾假期上午 11 點、中午 12：30、下午 2 點、下午 3：30 和下午 4：45。

英語導覽：十月至三月

Plaza de Mayo, Piramide de Mayo
五月廣場

作為布宜諾斯艾利斯最古老的廣場，五月廣場見證了阿根廷歷史上的所有重要事件。它的歷史始於 1580 年胡安．德．加雷（Juan de Garay）創建布宜諾斯艾利斯時。

現在的廣場於 1884 年規劃，並以紀念 1810 年五月革命推翻西班牙統治而命名。廣場上排列着幾座和歷史有關的建築。最初的 Cabildo（即市政廳）建於 1608 年。現在的白色殖民風格建築於 1751 年竣工，並經歷了多次翻修。

市政廳是五月廣場上唯一仍矗立的殖民時代政府建築。1811 年，附近豎立了五月金字塔（Pirámide de Mayo），以紀念 1810 年五月革命。1912 年，高 18.76 公尺（61.5 英尺）的五月

金字塔（Pirámide de Mayo）落成，搬遷至五月廣場中心的現址。

這裏還有曼努埃爾 · 貝爾格拉諾（Manuel Belgrano）將軍的馬術紀念碑，於 1873 年落成。他為擺脫西班牙統治而爭取獨立，創造了阿根廷國旗，被尊為阿根廷的主要解放者之一。如今在這裏，你會發現殖民時期的繪畫和傢具。

如果你在上午 11 點到達該地區，你可以觀看衛兵的換崗儀式，他們穿過陵墓和玫瑰宮之間的五月廣場。

Information Box

Plaza de Mayo

地址：Av. Hipólito Yrigoyen s/n, C1087 CABA

開放時間：24 小時

門票：免費

Casa Rosada and Cathedrad 玫瑰宮與大教堂

Casa Rosada（粉玫瑰宮）佔據了五月廣場的主導地位。這座標誌性建築是阿根廷國家政府和總統辦公室的所在地。1951年，伊娃 · 貝隆（Eva Perón）在玫瑰宮的陽台上向支持者發表了著名的演講。

Metropolitan Cathedral（大都會大教堂）

大都會大教堂面向五月廣場，是天主教會在阿根廷的主要場所，也是教宗方濟各大主教豪爾赫 · 貝爾戈利奧 2013 年在梵蒂岡上任前舉行彌撒的地方。為了紀念貝爾戈利奧，大教堂現在設有教宗方濟各博物館，展出他的一些個人和禮拜物品。

1593 年胡安 · 德 · 加雷（Juan de Garay）命令在這地點建造第一座教堂以來，該建築已被重新設計和重建七次。我們今天看到的最後一棟建築於 1752 年動工，但直到 19 世紀中葉才完工。

你可能會被這座建築的外觀所吸引，覺得它讓人想起希臘神廟，而不是天主教會。前面的 12 根新古典主義柱子代表基督的

12 使徒，支撐着三角形的捲首插畫。這幅淺浮雕卷首插畫描繪了雅各和他的兒子約瑟在埃及的相遇，旨在寓言內亂後阿根廷民族的團結。

在柱子後面，大教堂的前牆裝飾着宗教象徵，還有一枝許願蠟燭，其永恆的火燄讓人想起獨立戰爭期間的解放者何塞．德．聖馬丁將軍和無名戰士。

正中央有鍍金木製祭壇畫，描繪了三位一體。它是殖民時期僅存的少數元素之一，可追溯至 1785 年。

離開大教堂前，要去看看管風琴，它是一座 1871 年德國製造的瓦爾克管風琴，有 3,500 多根管子，非常龐大。

Information Box

Casa Rosada info

地址：Balcarce 50, C1064 CABA

開放時間：外圍 24 小時，內部需預約導覽

門票：座位表根據表演而變動，請上網查詢

Café Tortoni 托爾托尼咖啡館

這家布宜諾斯艾利斯市令人難忘且最具代表性的咖啡館，位於傳統的蒙塞拉特區，建於 1858 年，如今已成為吸引遊客的最熱門景點。歷史悠久的大理石桌子和未受歲沖刷的牆壁，留下了詩人、藝術家和思想家（如豪爾赫 · 路易斯 · 博爾赫斯、費德里科 · 加西亞 · 洛爾卡和胡利奥 · 科塔薩爾）以及音樂家（如魯賓斯坦和卡洛斯 · 葛戴爾）的足跡。

如今，托爾托尼咖啡館在一樓地下室每晚上演探戈表演，保留國家探戈學院和世界探戈博物館的探戈國粹。這兩個標誌性機構就在它旁邊，亦即五月大道上。

Information Box

Café Tortoni info

地址：Av. de Mayo 825, C1084 CABA

電話：01143424328

營業時間：8:00–22:00

Congress Palace Palacio del Congreso de la Nación Argentina
阿根廷國會大廈

阿根廷國會大廈（西班牙語：Palacio del Congreso de la Nación Argentina，當地人通常稱為 Palacio del Congreso）建於 1898 年至 1906 年間，為國家歷史地標亦是世界最大的國會大廈之一。它位於巴爾瓦內拉（Balvanera）區，與蒙塞拉特（Monserrat）接壤，該地區非正式地稱為康格雷索（Congreso）街區。

國會大廈的建造成本 600 萬美元，由意大利建築師 Vittorio Meano 設計，阿根廷建築師 Julio Dormal 完成。當年落成後，尚要修整細節直到 1946 年才完成。阿根廷雕塑家洛拉莫拉（Lola Mora）用大量具有寓意的青銅雕像和大理石雕像裝飾了內部大廳和建築外部，包括正面的雕像、入口頂部的四馬車是雕塑家 Victorde 的作品。

從 1976 年到 1983 年，這座大樓是立法諮詢委員會（CAL）的所在地，該委員會是由來自三支武裝部隊的軍官組成。

大樓前方是國會廣場，由法國阿根廷城市學家查爾斯 · 泰斯（Charles Thays）建造，面向宮殿。該廣場自 1910 年落成以來深受遊客歡迎，也是市民提出訴求的首選集會地點。

施工開始於 1898 年，完成於 1946 年（修整完工），落成典禮於 1906 年舉行。

Information Box

高度　：80m（260 英尺）

樓層數　：6

建築面積：39,210m^2（422,100 平方英尺）

Obelisk 方尖碑、
Avenida 9 de Julio 七月九日大道

「方尖碑」是布宜諾斯艾利斯最具代表性的地標之一，為紀念該市第一個奠基 400 年而建。標誌性的方尖碑矗立在兩條最重要的街道七月九日大道和科連特斯大道的交叉口。前者經常被認為是世界上最寬的街道，當中某部份路段竟有令人難以置信的 14 條車道；而後者則以不夜天而聞名，是布宜諾斯艾利斯主要劇院和許多商店的所在地。

紀念碑建於 1936 年，是為了紀念 1536 年佩德羅 · 德 ·

門多薩（Pedro de Mendoza）為布宜諾斯艾利斯奠基 400 週年，正是阿根廷國旗首次在該市升起的地方。方尖碑高 67.5 公尺，每邊寬 8.8 公尺。每邊寬 8.8 公尺，由阿根廷現代主義建築師阿爾貝托 · 普雷維什（Alberto Prebisch）設計，他還設計了位於 Corrientes 857 附近的大雷克斯劇院（Gran Rex Theatre）。

建築內部有 206 階梯和 7 個出口通往觀景台，觀景台的四個側面各有窗戶（不對外開放）。

世界上最寬的大道擁有許多值得一看的景點：

七月九日大道（Avenida 9 de Julio）橫跨城市，從北部的雷蒂羅（Retiro）一直延伸到南部的康斯蒂圖西翁（Constitución），它是該市最寬的街道，也是世界上最寬的街道之一，部份路段橫跨多達 14 條車道。3 公里長的大道，有幾個主要景點和許多著名地段。

1. 法國大使館

七月九日大道的北端是前奧爾蒂斯巴蘇阿爾多宮（Palácio Ortiz Basualdo），這是一座宏偉的美術風格建築，自 1939 年以來一直是法國駐布宜諾斯艾利斯大使館的所在地。該建築於 1912 年為丹尼爾·奧爾蒂斯·巴蘇爾多（Daniel Ortiz Basualdo）設計是威爾斯親王 1925 年訪問阿根廷時的官邸。由於建造工程涉及該建築的一部份，在 1970 年代面臨被拆除的威脅。後來法國政府拒絕出售該房產，道路的走向略有改變，以使其得以保存，並成為大道上最令人印象深刻的地標之一。

2. 令人驚嘆的科隆劇院

方尖碑稍遠的北面是世界上最偉大的歌劇院之一，宏偉的科隆歌劇院。該劇院以其音響效果和壯觀的建築而聞名，曾上演過許多國際芭蕾舞和歌劇傳奇人物，是任何遊客的必遊之地。

3. 方尖碑

方尖碑是布宜諾斯艾利斯最著名的地標之一，標誌着 7 月 9 日與科連特斯大道的主要交匯處。這座 67.5m 高的燈塔僅用了 31 天就建成了，現在已成為節日慶祝和政治示威的聚會點。

4. 西班牙小木屋

當你在方尖碑前抬頭掃視天際線時，你可能會發現令人驚訝的古怪建築。在這條繁忙大道兩側的一棟 9 層建築的頂部，有一座古色古香的小木屋，看起來確實很格格不入。它是由一位西班牙傢具商根據沿海城市馬德普拉塔的房屋風格建造的。據說他建造此處就是為了睡個午覺！

5. 日本鶴紀代碑

與 Marcelo T. de Alvear 交叉口的紀念碑是日裔阿根廷雕塑家 Julio Eduardo Goya 的作品，也是對阿根廷日本社區的致敬。這件作品描繪了日本的國鳥——鶴。它於 1998 年製成，後來不得不從原來的位置移走，以便為 9 de Julio Metrobus 車道讓路。

6. 七大奇蹟之一

沒有時間前往該國西北部的伊瓜蘇瀑布，你至少可以順便參觀這座世界七大自然奇觀之一的紀念碑，De Mayo 試圖重現被瀑布包圍的感覺。

7. 唐吉訶德傾斜塔樓

在路的另一邊，可以看到米格爾．德．塞萬提斯著名的英勇騎士，但不是對着風車，而是對着疾馳而過的汽車。該雕塑由 Aurelio Teneo 製作，具有深刻的象徵意義——它是西班牙在布宜諾斯艾利斯建城 400 年時的禮物。

8. 噴泉遺跡

附近還有曾經位於玫瑰宮後方的宏偉噴泉的遺跡。最初的噴泉於 1920 年拆除，分散在城市各處，現在的七月九日和五月大道交會處僅保留了原噴泉的部份。

Lezama Park 萊薩馬公園、
Historical Museum 國家歷史博物館、
Pasaje Lanín 拉寧街

萊薩馬公園是布宜諾斯艾利斯最豪華的花園之一，現已改建為公園。

它是萊薩馬家族的私人花園之一，也是該市最古老的公園之一。如今，萊薩馬公園的丘陵步道、路堤和許多雕塑為市民和遊客提供了享受。

在周邊德芬薩（Defensa）公園西側，你會看到國家歷史博物館（Museo Histórico Nacional），該博物館於 1897 年開放。在公園的北側，你可以輕鬆看到俄羅斯東正教大教堂（Russian Orthodox Cathedral）明亮的藍色圓頂。

附近位於 Brasil 和 Defensa 的拐角處，有該市兩家歷史悠久的酒吧：El Británico 和 El Hipopótamo。

Historical Museum 國家歷史博物館

國家歷史博物館在半個世紀的內戰之後，於 1880 年創建，其目的是在阿根廷發生的深刻變化中團結這個年輕的國家，並創造一種民族認同感。

博物館位於聖特爾莫，主要展示與 1810 年五月革命和阿根廷獨立戰爭有關的物品，包括：19 世紀的繪畫、雕塑、旗幟、武器和制服以及日常用品。亮點是獨立英雄何塞 · 德 · 聖馬丁和曼努埃爾 · 貝爾格拉諾的軍刀，以及阿約胡馬戰役的旗幟。

週三免費入場。週三至週五中午 12 點提供英語導覽服務。

Pasaje Lanin 拉寧街

Pasaje Lanín 是巴拉卡斯（Barracas）街區的鵝卵石小巷，被駐留的藝術家 Marino Santa María（馬里諾）改造成露天藝術畫廊。馬里諾於 1990 年開始對自己家的外觀進行改造，他的鄰居們很喜歡這個改變，並開始邀請他也裝飾他們家的門面和外牆，最終在市政府、美術館和聯合國教科文組織的合作下，將這項工作擴大到覆蓋兩個街區的 35 棟房屋。

San Telmo district 聖特爾莫
Plaza Dorrego fair、Defensa street、San Telmo Market 聖特爾莫市場

聖特爾莫是該市最古老、最具代表性的街區之一，擁有鵝卵石街道和波西米亞魅力。至今，仍然保留了大部份原有的建築，包括歷史悠久的豪宅、鵝卵石街道和帶噴泉的庭院。豪宅中，有曾經是埃塞薩家族私人住宅的 Pasaje Defensa。由於這地區有許多藝術家和音樂家，充滿了波西米亞風情，並且隨着新餐廳和精釀酒吧的興起，吸引大量本地人和遊客來消遣。

聖特爾莫（San Telmo）

它最熱鬧的地方是多雷戈廣場（Plaza Dorrego），這是一個酒吧林立的古老廣場。該市最大的古董市場每週日都在這裏舉行，德芬薩街（Defensa street）上的市場也非常受歡迎，你可以在這裏找到各種工藝品。

聖特爾莫市場（Mercado de San Telmo）

這個大型室內市場擁有典型的意大利外觀和寬敞的內部空間，於 1897 年開業，旨在滿足來自歐洲的新一波移民的需求。雖然攤位已經更新，但市場的內部結構保持不變，有金屬柱和橫樑，所以走進去仍然像回到過去一樣。該建築於 2000 年被宣佈列為國家歷史古蹟。

這裏有販售食物、古董、工藝品、唱片和玩具的攤位，形成了不拘一格的市場。咖啡鎮攤位以提供城裏最好的咖啡而聞名。市場每天開放，但有些攤位只在週末營業。

La Boca district 拉博卡
Caminito 小街道、Conventillos 宅院

布宜諾斯艾利斯的拉博卡（La Boca） 是市內第一個天然港口。如果你向南行駛，它是「布宜諾斯艾利斯城」的最後一個街區。這個街區在 1880 年代至 1940 年代的移民時期開始活躍起來。許多歐洲移民在這裏定居，留下了非常重要的遺產，他們中的許多人開始在港口工作，建造了簡陋的房屋，並保留了自己的文化，使拉博卡成為阿根廷首都內一個非常異國情調的地方。

走在街上，你會感覺自己回到了過去。無論是特殊的建築材料、獨特的鵝卵石街道、遍佈各處的探戈舞者、街頭藝人和藝術家，讓拉博卡的靈魂保持活力。與大多數其他地區不同，拉博卡是一個「晚起早睡」的地方。因此，建議大家中午左右前往該地區。

除了獨特建築外，拉博卡還有一處特別之處可能會引起你的注意——大多數房屋和商店都有樓梯通往入口。這是因為當地稱為「sudestada」的東南風作怪，附近又是海邊，水浸非常常見，因此用樓梯方便出入。

「Caminito」的意思是「小街道」，它的名字參考了一首探戈歌曲。儘管只有 150 公尺長，但它是布宜諾斯艾利斯拉博卡區最重要的街道。過去，這條街是鐵路的支道，許多移民在這個地方周圍建造房屋，使用波紋鋅鐵皮來覆蓋屋頂和牆壁。這些房子被稱為「Conventillos」（宅院），因為它們有很多房間，分租給同住戶。

隨着時間的推移，鐵道已不再使用。它被廢棄了多年，後來在當地畫家貝尼托 · 昆克拉 · 馬丁的改造下變成了一個多姿多彩的地方。街道用鵝卵石鋪成，營造出非常特別的氛圍。如今，它被認為是一座露天博物館，擁有色彩繽紛的「Conventillos」，沿途有許多藝術品如雕塑和壁畫，工匠們出售描繪昔日港口和當今歷史名勝的畫作。

記得不要錯過為街道帶來歡樂的探戈舞者，你甚至可以嘗試與他們跳一些舞步拍照留念！

Information Box

拉博卡 La Boca

開放時間：24 小時

門票：免費

博卡青年足球場 La Bombonera

在阿根廷，足球不僅僅是一項運動，也是一種熱情。這體育場是一座位於阿根廷布宜諾斯艾利斯拉博卡的足球場，這座體育場是阿根廷布宜諾斯艾利斯拉博卡當地人生活的一部份，也是該市最大的體育場之一。他們採用第一艘駛入拉博卡港口的瑞典船隻的旗幟顏色做主調。因此，你到處看到藍色和黃色！其陡峭的形狀而被稱為「La Bombonera」（巧克力盒），所以人們稱它為「巧克力盒子」。它有一個非常有趣的博物館，在那裏你可以了解足球俱樂部的歷史、錦標賽等等。該商店提供各種官方商品，著名球員馬勒當拿也曾在這支球隊效力過一段時間。

該足球場以其內部和周圍的藝術品和壁畫而聞名，有一幅壁畫紀念了足球俱樂部內的許多傳奇球員和人物，由塗成藍色和黃色的瓷磚以及金屬半身像和雕塑製成。足球場外另有幾幅壁畫描繪了拉博卡碼頭工人以及穿着博卡青年隊球衣的人們的生活。

La Bombonera目前可容納約57,200名觀眾。2016年10月，卡洛斯 · 比安奇的雕像揭幕，他成為第一位獲得雕像的博卡青年隊主教練。比安奇在俱樂部的兩次任期內（1998-2003）贏得了9個冠軍，成為博卡青年隊奪冠次數最多的青少年隊主教練的歷史。在比安奇的執教下，球隊也創下了40場比賽不敗的紀錄，這是阿根廷足球自1931年職業化以來的最高紀錄。

Buenos Aires Cafes, Bar Sur 酒吧

Bar Sur 是著名酒吧，也是布宜諾斯艾利斯夜間表演的先驅，自 1967 年以來一直由晚上 8:30 至凌晨 12:30 提供傳統以探戈舞表演，為特色的酒吧，空間很小，勉強坐下 20 人。

Bar Sur 更是看過王家衛的《春光乍洩》電影迷所知，片中黎耀輝工作的探戈酒吧，很適合去朝聖。店門口就跟電影裏一模一樣，即使電影距離現在已經過了二十多年，看到店門的剎那，內心仍是激動，彷彿看得到黎耀輝在門前為客人開門。

Information Box

地址：Estados Unidos 299, San Telmo, Buenos Aires

營業時間：20:00 – 03:00

電話：+51 11 4362 6086

電郵：info@bar-sur.com.ar

網址：http://www.bar-sur.com.ar

Puerto Madero district 馬德羅港
Woman's Bridge 女人橋

馬德羅港上的女人橋受探戈啟發，是一座旋轉行人橋地標由聖地亞哥・卡拉特拉瓦（Santiago Calatrava）設計。

這座橋代表一對跳探戈的情侶，白色的桅杆象徵着男人，橋的曲線象徵着女人。它有一個大型轉動機關，可以旋轉打開以允許帆船通過。該橋在西班牙建造，並透過私人捐贈形式送給布宜諾斯艾利斯。

Ecological Reserve Costanera Sur
生態保護區

城市中這個保護區是一個意外結果，政府原本旨在透過圍河造地為城市建造一個新的行政中心。然而該項目被放棄，卻為這座城市留下了一個被大自然接管的獨特空間。該地區於 1986 年被宣佈為自然保護區，並於 2005 年被宣佈為拉姆薩爾地區，現主要為國際動植物濕地棲息地，因而被國際鳥盟認定為重要鳥類地區。生態保護區佔地 350 公頃，是布宜諾斯艾利斯市最大、生物多樣性最豐富的綠色地帶。儘管它靠近繁忙的市中心，馬德羅港的摩天大樓一覽無餘，但它卻是一片非常寧靜的綠洲，也是野生動物的天堂。

保護區內生活着 2,000 多種動植物，包括蜥蜴、海龜、海狸鼠以及已發現的多達 340 種鳥類。在短短兩個小時的參觀時間內

至少可以發現 50 種不同的鳥類。

由於它是拉普拉塔河生態路線的一部份，全長超過 100 公里，連接巴拉那河三角洲生物圈。你可以在公園內步行約一小時，或在入口附近租一輛單車。沿着三個潟湖通往拉普拉塔河的幾條蜿蜒小路，你更可以觀察到許多不同種類的鳥類、哺乳動物、爬行動物和兩棲動物，以及五百多種本土植被，包括潘帕斯草甸、榿木森林樹木和許多阿根廷國花雞刺珊瑚樹等。

Tower of the English, Plaza San Martin
聖馬丁廣場

聖馬丁廣場是位於阿根廷布宜諾斯艾利斯雷蒂羅附近的一個公園。公園位於佛羅里達步行街的北端西班牙殖民地總督在廣場上建造了官邸。1713 年，土地出售給了英國南海公司。南海公司在前總督官邸外進行奴隸貿易，後來在附近建造了一座堡壘和鬥牛場。1807 年，英國第二次嘗試征服布宜諾斯艾利斯，約翰 ·懷特洛克（John Whitelocke）將軍在這片土地上慘遭失敗，因此該地區被稱為「榮耀之地」。1810 年的革命為布宜諾斯艾利斯帶來了自治政府，何塞 · 德 · 聖馬丁在廣場建立主要軍營。1813 年的一項決議廢除了拉普拉塔聯合省的奴隸貿易，這裏的奴隸區也被關閉。後來聖馬丁將軍於 1824 年因政治原因被迫流亡。法國雕塑家路易斯約瑟夫道馬斯於 1862 年受委託為獨立戰爭英雄和廣場創作一座騎馬雕像。1878 年，在他誕辰 100 週年之際，作為紀念。

Colon Theater 科隆劇院

科隆劇院是世界上最重要的歌劇院之一，能躋身米蘭斯卡拉歌劇院、巴黎歌劇院、維也納國家歌劇院、倫敦皇家歌劇院和紐約大都會歌劇院等著名劇院之列。

科隆酒店於 1857 年至 1888 年期間首次營業，此後該建築因改建而關閉。新樓於 1908 年 5 月 25 日開幕，並舉行了《阿伊達》的表演。最初，劇院從其他國家招募歌劇團，但至 1925 年，它開始擁有自己的常設劇團（管弦樂團、芭蕾舞團和合唱團）和自己的製作，這使得劇院自 1930 年代以來可以組織自己的演出，由市政府資助。從那時起，科隆劇院每年更新劇目，並且由於其專業舞台工作人員自行製作完整的作品。

許多重要藝術家都在劇院工作以實現他們最高的藝術目標，如埃里希・克萊伯和弗里茨・布施，舞台導演如瑪格麗塔・沃爾曼和恩斯特・珀特根，芭蕾舞老師如布羅尼斯拉瓦・尼金斯卡和塔瑪拉・格里戈里耶娃，合唱導演如羅馬諾・甘多爾菲和圖利奧・博尼，在一百多年不間斷的活動中，他們在許多難忘的夜晚為舞台增添光彩。

2010 年，科隆歌劇院的建築恢復其原有的輝煌，成為世界各地歌劇、芭蕾舞和古典音樂的著名演出場所。

Information Box

哥倫布劇院 Teatro Colón info

地點：Cerrito 628, C1010 CABA

電話：01143787100

開放時間：若是單純導覽需預約，英文導覽只有 10:00、11:00、12:00、15:00 和 16:00

門票：賞劇依據表與座位演不同，單純導覽為 5,000ARS（2023.03），阿根廷物價變動快，請上官網查詢最準確

Ateneo Grand Splendid 雅典人書店

雅典人書店前身是一家劇院，現在是世界上最美麗的書店之一。根據英國《衛報》報道，El Ateneo Grand Splendid 是排名世界第二的書店。它保留了前Gran Splendid劇院的輝煌和優雅，由建築師 Peró 和 Torres Armengol 設計。El Grand Spendid 劇院位於雷科萊塔街區，於 1919 年開業，上演芭蕾舞劇、歌劇，以及布宜諾斯艾利斯首演的「有聲電影」。國家 Odeon 唱片公司（現為 EMI 旗下）總部曾設於此，卡洛斯 · 葛戴爾（Carlos Gardel）等歌手亦在此錄製唱片。該場館甚至誕生了自己的廣播電台 LR4 Radio Splendid，該電台於 1923 年開始從建築物進行廣播。

2000 年，該場館被改造成一家書店，保留了原有裝飾，包括由意大利人納扎雷諾 · 奧蘭迪（Nazareno Orlandi）繪製的穹頂。書店裏藏有約 12 萬冊書籍，在劇院的舞台區設有一個酒吧，讀者可以在那裏一邊喝咖啡一邊看書。店內設有舒適的椅子，讓在這裏看書籍成為一種享受。

Information Box

El Ateneo Grand Splendid

地址：Av. Santa Fe 1860, C1123 CABA

電話：01148136052

營業時間：星期一～星期六 09:00–22:00、星期日 12:00–22:00

Recoleta district 雷科萊塔

布宜諾斯艾利斯的雷科萊塔街區擁有公園、博物館、獨特且不容錯過的墓地、手工藝品市場和豪華酒店。雷科萊塔又稱「南美巴黎」，走在街上，你可能會以為自己是在巴黎而不是布宜諾斯艾利斯。

「雷科萊塔」這個名字來自 18 世紀定居於此的「雷科萊塔」修道士。當然，當時這個地方距離市中心很遠，屬於郊區的一部份。直到 19 世紀末，一些家庭因為想避開南部黃熱病而移居於此。從此，這裏成為了大多數上流社會的富裕家庭選擇居住的地方。

法式建築是這些貴族流行的住居風格。他們不僅聘請了大部份法國建築師來設計住宅，而且所使用的大部份材料都是從法國和意大利進口並透過貨船運送到阿根廷。

如今，大多數這些古色古香住宅遍佈整個街區，但大多位於阿爾維爾大道沿線，它們不再是私人住宅，它們是博物館、大使館或酒店的所在地。你可以參觀一些建築的內部，追尋當年布宜諾斯艾利斯上流社會的影子。

在這裏的布宜諾斯艾利斯國家美術館是布宜諾斯艾利斯最重要的博物館之一，藏品有 12,000 多件作品。它收藏了當地藝術家的令人驚嘆的作品，如普利迪亞諾 · 普埃雷東（Prilidiano Pueyrredón）、坎迪多 · 洛佩斯（Cándido López）、埃內斯托 · 德拉卡爾科瓦（Ernesto de la Cárcova），也收藏了國際知名藝術家的作品，如丁托列托（Tintoretto）、弗朗西斯科 · 戈雅（Francisco de Goya）、愛德華（Édoudard）、馬奈（Manet）、克勞德 · 莫內（Claude Monet）、高夫、保羅 · 高更、巴勃羅 · 畢卡索等許多人的作品，還有一些非常有趣的臨時展覽。

Information Box

布宜諾斯艾利斯國家美術館
地點：Av. del Libertador 1473
雷科萊塔公墓 Cementerio de la Recoleta
地點：Junín 1760, C1113 CABA
開放時間：08:00–17:00
門票：免費

La Biela 連桿餐廳、Centennial Rubber Tree

連桿餐廳（La Biela）位於雷科萊塔社區最美麗的角落。這家著名的餐廳連酒吧位於雷科萊塔（Recoleta）街區胡寧（Junín）和金塔納大道（Av. Quintana）上，距離皮拉爾教堂（Iglesia del Pilar）和公墓100米，一直是幾代阿根廷人的聚會場所。豪爾赫．路易斯．博爾赫斯、阿道夫．比奧伊．卡薩雷斯和西爾維娜．奧坎波這樣的知識分子都曾在餐廳裏待過。

La Biela 有着悠久的歷史，它最初是一家小酒吧，位於一條狹窄的人行道上，只有18張桌子，被稱為「La Viridita」。後來，他們將名稱改為「Aerobar」，以向該地區鄰近的民用飛行員致敬。1950年，改寫了它的命運。一群喜歡賽車的朋友在這地方落弄斷了他們汽車的連桿。於是他們下了車喝咖啡，並把這裏當作了自己的駐集地，因而開始稱之為連桿餐廳。最終，拉比耶拉被留下，成為賽車運動愛好者選擇的舞台。他們說，由於阿根廷運動汽車協會沒有總部，所以他們稱連桿餐廳為「秘書處」。

在胡寧（Junín）和金塔納（Quintana）拐角處的桌子上，你會發現由雕塑家費爾南多 · 普列塞（Fernando Pugliese）製作的豪爾赫 · 路易斯 · 博爾赫斯（Jorge Luis Borges）和阿道夫 · 比奧伊 · 卡薩雷斯（Adolfo Bioy Casares）的真人大小雕像。

Information Box

地址：Av. Pres. Manuel Quintana 596, C1129 Cdad. Autónoma de Buenos Aires

營業時間：08:00 — 01:00

電話號碼：+54 11 4804-0449

MNBA Museo Nacional de Bellas Artes 國家美術館

國家美術館是拉丁美洲最重要的博物館之一，也是全國收藏阿根廷藝術品最多的博物館。博物館位於雷科萊塔（Recoleta）街區，於 1896 年落成，目前的總部可追溯至 1933 年，由建築師亞歷杭德羅．布斯蒂略（Alejandro Bustillo）翻新，用於接收永久藏品。

在美術館的國際藝術遺產中，格列柯、戈雅、羅丹、倫勃朗、魯本斯、雷諾阿、德加、塞尚、夏卡爾和畢卡索的作品脫穎而出。在最重要的阿根廷畫家中，它收藏了坎迪多．洛佩斯、利諾．埃內亞．斯皮林貝戈、普利迪亞諾．普埃雷東、費爾南多．費德爾、貝尼托．昆奎拉．馬丁、蘇爾．索拉爾、安東尼奧．貝爾尼、卡洛斯．阿隆索和安東尼奧．塞吉的作品。美術館還設有攝影室、前哥倫布時期的安地斯藝術室、兩個雕塑露台和一個藏書 15 萬冊的圖書館。

National Library, Malba 國家圖書館

阿根廷馬里亞諾．莫雷諾國家圖書館坐落在優雅的雷科萊塔街區的一塊高地上，以建築師 Clorindo Testa、Francisco Bullrich 和 Alicia Cazzaniga 的現代主義建築項目為基礎，他們在 1961 年贏得了全國建築設計競賽。它是一座標誌性的野獸派建築，從五樓的閱覽室可以欣賞到壯麗的景色。

圖書館藏有近百萬份手稿、書籍、文件、照片、地圖、樂譜和錄音，並擁有拉丁美洲最大的報紙檔案館。最有價值的收藏位於寶庫中，包含 11,000 冊書籍，其中大部份來自 16 世紀和 17

世紀，甚至還有 21 本 15 世紀的珍藏書籍和一頁古騰堡聖經。

獨立英雄馬里亞諾 · 莫雷諾在 1810 年阿根廷五月革命的浪潮中建立這圖書館，見證了該國的歷史。該機構的閱覽室、禮堂和展覽提供了思考阿根廷集體文化之謎的機會。

現在的圖書館建在原始 Palacio Unzué 的舊址上，是一座屬於 Unzué 家族的宅邸，於 1937 年被阿根廷國民議會用於清償債務。胡安 · 多明哥 · 貝隆（Juan Domingo Perón，1946-1955 年總統）選擇永久居住在這座宅邸，他的妻子艾薇塔 · 貝隆於 1952 年 7 月 26 日在此宅邸去世。圖書館大樓共有 6 層和 3 個地下室存放書籍的地方，閱覽室 9 個，可容納讀者 940 人。從五樓的閱覽室欣賞城市的美景。

Botanical Garden 植物公園

佔地 7 公頃的植物園，擁有 6,000 種樹木和植物園，是散步、放鬆和探索各種原產於阿根廷和其他地區的植物和樹木的好地方。

花園佔地 7 公頃，收藏了約 6,000 種樹木和植物物種，設有植物圖書館、羅馬、法國和東方花園、植物標本室和 5 個溫室，其中包括一座在 2017 年巴黎世界博覽會上獲獎的新藝術風格建築。

許多植物和樹木被分為不同的區域，其中包括一系列阿根廷本土植物群，蒂帕（tipuana Tipu）、雪松（Cedro salteño）、伊比拉 - 普伊塔（peltophorum dubium）和科羅拉多白堅木（schinopsis）等物種。場地內還藏有大量雕塑和一座用於舉辦臨時藝術展覽和研討會的英式房屋。市政府的園藝學校也在該場地上，該學校由法國園林設計師查爾斯 · 泰斯（Charles Thays）創建，他設計了該市的許多公園和廣場，於 1898 年落成。

Information Box

營業時間：

週二至週五，上午 8 點至下午 6 點 45 分。週六、週日和公眾假期，上午 9 點 30 分至下午 6 點 45 分。

每週一公休。

導遊服務：

週六、週日和公眾假期上午 10 點 30 分和下午 3 點提供免費導覽服務（西班牙語）。

Floralis Genérica 阿根廷鋼花

阿根廷鋼花是一座高 20m、重 18 噸的鋁和不銹鋼雕塑，被命名為「Floralis Genérica」，以向所有花朵致敬。它矗立在國家廣場（Plaza de las Naciones Unidas）上。它於 2002 年推出，可能是世界上第一個由液壓和光電感測器控制的移動公共雕塑。它是由其創造者阿根廷建築師愛德華多 · 卡塔拉諾（Eduardo Catalano）捐贈給布宜諾斯艾利斯市的，他在這件作品中實現了創作反映時間活力的夢想雕塑。卡塔拉諾曾表示，這座雕塑是「所有鮮花的綜合體，也是每天重生的希望」。六片鋼製花瓣每天早上 8 點開放，午夜閉合。花瓣在強風中也會閉合，以保護雕塑，而在國慶期間，花瓣會全天開放。

Palermo distric 巴勒莫
Flea Market 巴勒莫跳蚤市場

巴勒莫是布宜諾斯艾利斯最大的街區，當你在街上行走時，不同的區域會混在一起。一邊是 Soho，充滿了獨立設計師商店、美術館和書店；一邊是美食中心。

巴勒莫蘇荷（Palermo Soho）擁有大量城市街頭藝術，你可以在獨家導遊的帶領下探索其中。美食和夜景的中心位於科塔薩爾廣場（前塞拉諾廣場），但在巴勒莫周圍的街道上漫步也是一個好主意，尤其是那裏的時裝店和展示設計師創造力的櫥窗。

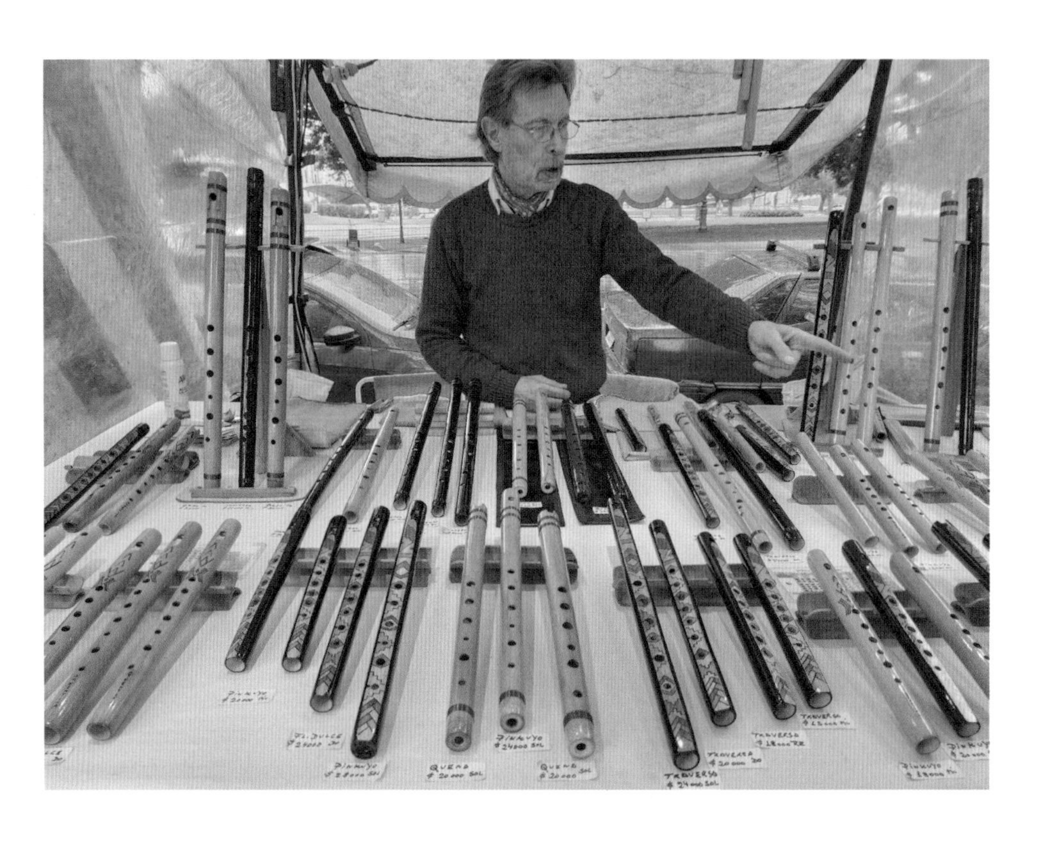

另一方面，許多年輕廚師選擇在巴勒莫（Palermo Hollywood）好萊塢定居並開設自己獨特的餐廳和酒吧。如果你選擇週末參觀，請不要錯過工藝品博覽會！

巴勒莫奇科（Palermo Chico）擁有自己的特色、樹木繁茂的街道和精美的建築。然而，這個地區不僅能讓你感覺身處另一個世紀，還有許多活動和地點，如博物館、藝廊、紀念碑和露天場所供作遊覽。當你漫步在巴勒莫奇科（Palermo Chico）的街道上時，你不能錯過 MALBA 拉丁美洲藝術博物館，以及國家裝飾藝術博物館及其著名的雕塑藝術。

拉斯卡尼塔斯（Las Cañitas）、巴勒莫太平洋（Palermo Pacífico）和巴勒莫新區（Palermo Nuevo）與街道融為一體，白天有輕鬆的活動，夜生活也很活躍。該區域擁有許多與馬球和高爾夫相關的購物和體育休閒活動。到了晚上有很多酒吧和餐廳，提供不同的美食。

另一方面，巴勒莫太平洋地區因一座連接不同地區的同名橋樑而引人注目。最後，新巴勒莫（Palermo Nuevo）位於巴勒莫森林旁邊，顧名思義，它擁有新的豪華企業、設計師珠寶店和熟食店。

Abasto district 阿巴斯托購物中心

阿巴斯托（Abasto）購物中心是阿根廷布宜諾斯艾利斯最大的購物中心之一，於 1999 年開業，目前擁有許多當地知名品牌。它也因探戈歌手卡洛斯・葛戴爾（Carlos Gardel）生活了大半生的地區而聞名。

1890 年，大量歐洲各國移民的湧入，使布宜諾斯艾利斯市迅速擴張。由於人口變化以及 Lorea 廣場附近的 Mercado Modelo 市場被拆除，Devoto 兄弟於 1888 年 8 月 16 日提議在他們於 1875 年購買的爾瓦內拉（Balvahera）社區的土地上建造一個供應市場。

從 1893 年到 1984 年，該建築是該市的中央水果和蔬菜批發市場（Mercado de Abasto）。直到 1990 年代中期，才提出將 Abasto 改造成購物中心的項目。如今，周邊常被稱為阿巴斯托（Abasto）。

Barrio Chino 唐人街

唐人街（Barrio Chino）位於貝爾格拉諾，其中國商店和餐廳而成為熱門景點。Barrio Chino 是貝爾格拉諾社區的一部份，具有明顯的東亞特色，皆源自於 20 世紀 80 年代來自中國、日本和泰國的移民熱潮。

這些移民家庭開設了眾多餐廳和超市，也開設了該市最早的佛教寺廟——位於蒙塔涅斯街（Calle Montañeses）的崇觀寺（Chong Kuan Temple），該寺於 1988 年落成。

從與 Calle Juramento 交界處的大拱門開始，Calle Arribeños 擠滿了出售西方和東方食品、裝飾品和其他產品的超市，商店於週末特別繁忙。

Information Box

唐人街 Chinatown

地點：Barrio Chino, Buenos Aires

River Plate Stadium and Museum
阿根廷大球場

河床競技俱樂部（Club Atlético River Plate），俗稱河床俱樂部 (River Plate)，是位於布宜諾斯艾利斯貝爾格拉諾附近的阿根廷職業運動俱樂部。該俱樂部成立於 1901 年，以該市河口的英文名稱 Río de la Plata 命名。即使對運動沒有興趣，很多遊客都必定會來河床隊的主場紀念球場打卡，原因是——它是南美洲最大的球場。

雖然河床俱樂部是一家綜合運動俱樂部，但它最出名的是職業足球部門，該部門已 38 次贏得阿根廷甲級聯賽冠軍，最近一次是在 2023 年。河床隊與博卡青年隊的競爭非常激烈，盃賽冠軍使河床隊成為阿根廷最成功的球隊，並在國內比賽中獲得 54 個冠軍。在國際方面，河床隊贏得了 18 個冠軍，在阿根廷甲級聯賽歷史積分榜上排名第一，獲最多積分、出場次數最多、勝率最高。

在過去的 120 年裏，俱樂部度過了不少光榮時刻。這裏有博物館和紀念碑，展示不同地區的記錄、參考和歷史標誌；更有 360 度電影，訴說偉大的球員，與國家和國際歷史有關的種種。

Information Box

地點：7549 Av. Pres. Figueroa Alcorta 7509

時間：每日上午 10 點至下午 6 點。

MUSEO RIVER

MUSEO
RIVER
TICKET ONLINE

PARQUE
RADIO

打卡行程

尋訪Carlos Gardel

「探戈是詩歌，是肢體的書法，兩個人的步伐，暗示靈魂的定格。」

ARGENTINA

TITA MERELLO
11-10-1904 / 24-12-2002
"LA MUJER HECHA ARRABAL"

[It takes two to tango]

精選探戈舞會場所

探戈不僅僅是舞蹈，它還是阿根廷的信仰。一年四季，每天晚上，在城市的各個地方，阿根廷人和遊客都會發現自己在參加舞會，每場舞會都是不同的，都有自己的場景。在舞會之前，大部份舞廳都有適合所有級別，包括初學者和高級舞者的一小時課程，有老師提供學習指導。（無需提前預訂）。

舞蹈俱樂部

El Beso
Club Gricel
La Casona de Arena Centro Cultural
Centro Social Neuva Social
Hotel Abasto
La Vutural
Marubu

埃爾貝索 El Beso

埃爾貝索「EL BESO」是一個小地方。如果你去參加一場受歡迎的舞會（幾乎每天下午和晚上都有不同的舞會），組織者和舞者會因為能佔據一張桌子而興奮。

這傳統的探戈舞廳，位於布宜諾斯艾利斯，一年 365 天，每個下午和每個晚上，遊客都會找到不同的舞會，其中許多是國際知名，讓他們每一天都有獨特的感受。

Information Box

地址：Riobamba 416, C1025 Cdad. Autónoma de Buenos Aires

營業時間：13:00-02:00

電話號碼：+54 11 5833-2338

Club Gricel

這是一間傳統米隆加舞和探戈舞表演廳，採用高天花設計和木製地板，位於布宜諾斯艾利斯巴爾瓦內拉附近一個俗稱「阿拉巴萊拉」的地區。提供舞蹈課程，除了探戈，還提供搖滾、薩爾薩和巴恰塔。Club Gricel 擁有三十多年的經驗，是一個神秘且具有象徵意義的空間。

這裏每週都會表演，由管弦樂團、歌手和舞者提供現場表演。它也經常被選為布宜諾斯艾利斯市和私營文化組織的最受歡迎的探戈節和錦標賽的舉辦地。

Information Box

地址：La Rioja 1180, C1221 Cdad. Autónoma de Buenos Aires

營業時間：24 小時營業

電話號碼：+549115515-4650

Hotel Abasto

你想在布宜諾斯艾利斯尋找獨特而難忘的體驗嗎？一定要去這間著名的舞廳。當你走進大門時，將被帶到一個不同的環境，這裏充滿了阿根廷探戈的熱情和浪漫。

Information Box

地址：Av. Corrientes 3190 Abasto, Argentina

營業時間：18:00-02:00（只有星期六營業）

電話號碼：+54 11 3205-0055

La Viruta

這是一個真正的「探戈工廠」，它是國際舞台上最著名的舞會之一，以其舞蹈課和持續到凌晨的派對而聞名。來到這裏，絕不要錯過斑多鈕樂隊的現場表演。

地址：Armenia 1366, in Centro Armenio
營業時間：18:00-02:00
電話號碼：+54 11 5113-5393

Marabú

它於 1935 年由 Aníbal Troilo 管弦樂團揭幕，並於 2022 年 12 月 11 日重開，提供舞會和舞蹈課程。Marabú 歌舞表演曾經是一流殿堂，因國家的變化、經濟危機而沉沒。

Information Box

地址：Maipú 365, C1006 ACA, Cdad. Autónoma de Buenos Aires

營業時間：21:00-01:00

電話號碼：+54113363-1890

La Casona de Arena Centro Cultural

文化中心位於阿根廷布宜諾斯艾利斯龐貝市中心，不定期舉行舞會。

Information Box

地址：Av. Almafuerte 735, C1437 Cdad. Autónoma de Buenos Aires, Argentina

營業時間：12:00-0:00

電話號碼：+54 11 6677-1234

Centro Social Neuva Social

本地人的舞會，逢星期六晚或星期日下午舉行。

Information Box

地址：Avenida Lisandro de la Torre 2.319 Buenos Aires Argentina

營業時間：12:00-22:00（星期六晚或星期日）

Bodegagamboa

喜歡跳探戈的人，形容阿根廷葡萄酒時為舌尖上的探戈（a bite of tango），而馬爾貝克（Malbec）就是其中的代表。由於阿根廷日照充足、氣候乾燥、灌溉條件優良，再加上地形海拔高、晝夜溫差大，馬爾貝克非常有利於保持良好的酸度而酒體飽滿，充滿濃郁的果香口感散發着濃濃的南美風情。

儘管馬爾貝克葡萄起源於法國西南部，但直到阿根廷成功復興該品種後才受到重視。如今，世界上超過 75% 的馬爾貝克葡萄酒產於阿根廷。2011 年，阿根廷葡萄酒協會（Wines of Argentina）正式將每年的 4 月 17 日定為馬爾貝克世界日

（Malbec World Day），旨在弘揚阿根廷葡萄酒文化，加深世界對阿根廷代表品種馬爾貝克的了解。每年的 4 月 17 日，來自世界各地熱愛阿根廷馬爾貝克葡萄酒的人們齊聚一堂，舉辦豐富多彩的慶祝活動，分享馬爾貝克葡萄酒和阿根廷美食。

馬爾貝克果實顆粒較小，果皮顏色較深，需要充足的光線和熱量才能完全成熟。此品種可釀造出色澤深邃、有着濃郁水果和香料香氣的葡萄酒。馬爾貝克葡萄酒一般酒體飽滿，酸度適中，飽含濃郁的水果香氣，如黑櫻桃、黑莓、石榴、李子和藍莓等。釀酒師通常在橡木桶中陳釀馬爾貝克，以增強葡萄酒的結構和陳釀潛力。在橡木桶中陳釀一段時間，馬爾貝克葡萄酒會散發出皮革、菸草、咖啡、香草和巧克力的香氣，單寧也會發展成更順滑細膩的質感。

Information Box

Website：http://bodegagamboa.com.ar/wine.html

Private Reservations CASA GAMBOA

Whatsapp：11 3084 6084

Opening hours：Tuesday to Sunday from 11 a.m. to 5 p.m.

伊瓜蘇瀑布

伊瓜蘇瀑布是伊瓜蘇河的瀑布，位於阿根廷米西奧內斯省和巴西巴拉那州交界處。伊瓜蘇瀑布在葡萄牙語中被稱為 Foz do Iguaçu，在西班牙語中被稱為 Cataratas del Iguazú，位於阿根廷和巴西邊境，被聯合國教科文組織列為世界自然遺產。

該地區寬 1.68 英里，包含 275 個不同的瀑布，其瀑布比尼亞加拉的瀑布深 65 英尺。如雷鳴般的水霧常常為這個地區蒙上一層神秘的色彩，在翻騰的水花中形成彩虹，為本已生機勃勃的景觀增添更多神秘。這裏周圍環繞着壯麗的亞熱帶叢林自然風光，有茂盛的動植物，包括蘭花、秋海棠、成群的彩色鸚鵡、巨嘴鳥、酋長鳥和聚寶盆蝴蝶。

瀑布構成了阿根廷和巴西邊境的一部份，巴拉圭邊境位於西邊不遠的地方。因此，從巴西或阿根廷都可以看到瀑布。阿根廷一側可以更近距離地觀察，而伊瓜蘇港鎮是阿根廷邊境一側瀑布最方便的入口點。

地理和氣候

伊瓜蘇港位於大西洋森林僅存的部份之一，這是一片亞熱帶森林，動植物種類豐富，從原生竹子到巨嘴鳥和蜂鳥等鳥類。城內的運河裏充滿了刀魚、鯰魚甚至鰻魚等淡水水生生物。它位於阿根廷北部邊境，靠近巴西和巴拉圭的邊界，巴拉那河（巴拉圭）和伊瓜蘇河（巴西，著名的伊瓜蘇瀑布所在地）相連。

伊瓜蘇港全年都有降雨，11 月是最潮濕的月份，降雨量超過 200 毫米，有時集中出現雷暴。參觀伊瓜蘇瀑布的最佳時間是春季（9 月至 11 月）或秋季（3 月至 5 月）。此時溫度、水位和壓力之間有良好的平衡，冬季水位和壓力可能會下降。儘管如此，伊瓜蘇瀑布全年都可以在宜人的氣溫下遊覽。

海拔：162m（531 英尺）

城市人口：82,227

歷史

據認為，最早居住在亞馬遜河下游的民族是來自北方的胡邁塔（Humaitá）和翁布（Umbú）狩獵採集部落。這些群體在公元前 4,000 年至公元前 2,500 年左右被圖皮瓜拉尼人合併。圖皮·瓜拉尼人在南美洲中部佔據主導地位，發展農業並擴張，然後多樣化為許多不同的種族群體。

瓜拉尼人是歐洲最早接觸米西奧內斯地區的主要族群。1551 年，西班牙探險家阿拉瓦爾 · 努涅斯 · 卡貝薩 · 德 · 瓦卡（Álavar Nuñez Cabeza de Vaca）成為第一個親眼目睹現在的伊瓜蘇瀑布的歐洲人。歐洲人在最初的探索之後才對該地區進行開發，瓜拉尼人在整個 17 世紀和 18 世紀期間仍然在該地區佔據主導地位。

進入 19 世紀，巴西、阿根廷和烏拉圭結盟，針對新成立的巴拉圭發動了一系列戰爭。不過該地區通往大西洋的路線，由於傷亡慘重，巴拉圭最終於 1864 年被三國聯盟擊敗，並在 1876 年《阿根廷和平條約》中，巴拉圭發誓不再嘗試佔領米西奧內斯。瀑布以南的領土——包括伊瓜蘇港遺址——被授予阿根廷，而北部則被授予巴西。

伊瓜蘇國家公園於 1930 年代和 1940 年代開發，並於 1984 年被聯合國教科文組織宣佈為世界遺產。透過公路連接起來。

交通

前往伊瓜蘇

伊瓜蘇港距離布宜諾斯艾利斯約 825 英里，搭乘飛機或巴士即可輕鬆抵達。該市有自己的國際機場 Cataratas del Iguazú 國際機場，由 Aeropuertos Argentina 2000S.A. 營運。

從伊瓜蘇港前往伊瓜蘇瀑布

在阿根廷和巴西一側，瀑布都位於國家公園的邊界內，兩個國家公園的名稱相同，但分別是西班牙語和葡萄牙語（伊瓜蘇國家公園（阿根廷）和伊瓜蘇國家公園在巴西）。如果一天沒逛完整個公園，或是覺得累了，隔天可以憑票根半價入園。

阿根廷一側的公園距離伊瓜蘇市約 32 公里，早上 7:00 至晚上 8:00 期間每 45 分鐘就有一班前往公園的巴士，行程時間約為 30 分鐘。

景點和活動

這個複雜的瀑布系統景色壯麗，已成為整個南美洲大陸的必遊景點之一。瀑布的巨大規模使其如此令人嘆為觀止，人們經常將它們與尼加拉瀑布進行比較。就連埃莉諾 · 羅斯福在看到伊瓜蘇時也曾說過「可憐的尼加拉」。事實上，伊瓜蘇瀑布比北美瀑布寬四倍，有些瀑布甚至更高。

伊瓜蘇河的源頭位於巴西巴拉那州。這條河流經 1,200 公里的平坦高原，然後在火山爆發形成的砂岩和玄武岩裂縫和層中堆積起來。然後，它以平均每秒 553 立方英尺的速度沖入 80 公尺的峽谷，為各個瀑布注入水。河流圍繞着新月形的峽谷邊緣，同時流經小島和懸崖，流入 275 個不同的瀑布。其中最大的是雷鳴般的「Gargantua del Diablo」，或「魔鬼的喉嚨」。其他重要的瀑布包括聖馬丁（San Martin）、博塞蒂（Bossetti）和伯納貝門德斯（Bernabe Mendez）。

這一自然奇觀的熱帶位置，使伊瓜蘇瀑布對遊客來說更加有吸引力。瀑布周圍環繞着壯麗的亞熱帶叢林自然風光，有茂盛的動植物群，包括蘭花、秋海棠、成群的彩色鸚鵡、五種不同種類的巨嘴鳥、酋長鳥以及百多種蝴蝶的聚寶盆。建議鳥類和自然愛好者在當天早些時候到達瀑布，這樣他們就可以充份欣賞瀑布，而不需要在上午晚些時候和下午到達的大量人群。

伊瓜蘇瀑布的阿根廷一側包含大約三分之二的瀑布。從這裏的遊客中心出發，有各種小徑和路線環繞着建築群。兩個基本電路是上路徑和下路徑。在較低的路徑上，可以探索不同瀑布的底部，這些瀑布濺起大片柔和的水花。旅客可以前往下游漂流，這是一項熱門活動。在伊瓜蘇瀑布的背景下更加令人興奮，亮點之一是接受伊瓜蘇瀑布的「洗禮」。換句話說，在其中一個瀑布的持續激流下乘船。

出遊資訊

正式國名：阿根廷共和國 / Argentine Republic / República Argentina

首都：布宜諾斯艾利斯 / Buenos Aires

位置：位於南美洲東南方，濱大西洋

面積：2,780,403 平方公里

人口：40,482,000 人

氣候：從溫帶型氣候到寒帶型氣候，南部氣候比較乾燥

語言：西班牙語

宗教：天主教 87%

貨幣：阿根廷比索 / Argentine Peso（ARS）/ Peso Argentino（$）/ 接受美元

時區：UTC -3:00

插頭：220V 50Hz，八字平頭、兩柱圓頭為主

電話國碼：+54

節日：國慶日 5 月 25 日

當地緊急電話：救護車：101；火警：107；警察：101

城市數據

- 200 平方公里
- 9.30% 創意工作
- 每年 2,700,000 名遊客
- 132 間博物館
- 85 個圖書館
- 10,054,942 電影院入場人數
- 9.40% 綠化面積 %
- 124 家美術館
- 97% 以上是白人，多屬西班牙和意大利人後裔
- 91.6% 的居民信奉天主教
- 每週雙休日制，每年的一月份基本是休假時間

阿根廷歷史簡介

阿根廷最初由許多不同的部落組成。1516 年，西班牙人與探險家兼航海家胡安 · 迪亞斯 · 德 · 索利亞斯（Juan Diaz de Solias）抵達。西班牙後來在布宜諾斯艾利斯建立了第一個殖民地。隨着布宜諾斯艾利斯作為港口城市的重要性日益增強，西班牙人續將其納入他們的帝國。

不久之後阿根廷希望獨立，在何塞 · 德 · 聖馬丁（Jose de San Martin）的領導下，他們最終在 1853 年制定了憲法，並於 1861 年建立了正式的國民政府。

1900 年代初，阿根廷蓬勃發展，成為世界上最富有的國家之一。然而，由於下層工人感到自己受到不公平對待並且在政府中沒有發言權，隨後出現了騷亂。胡安 · 多明戈 · 貝隆（Juan Domingo Perón）上台後發起了名為「貝隆主義」的民粹主義運動。1946 年貝隆當選總統。他著名的妻子伊娃 · 貝隆（Eva Perón）參與了他的政權，還幫助婦女獲得了在該國的投票權。

簽證須知

香港特別行政區護照持有人

香港特別行政區護照持有人可進境阿根廷旅遊或公幹，無需簽證，最長可逗留 90 天。申請其他類型簽證，請將填妥的簽證申請表格和其他所需文件，電郵至 chong@mrecic.gov.ar。如有必要，阿根廷駐香港總領事館會聯絡申請人安排面見。

阿根廷共和國駐香港特別行政區總領事館

地址： 香港中環康樂廣場 1 號怡和大廈 1517-1519 室

查詢熱線：（852）25233208

傳真：（852）28770906

網址：https://chong.cancilleria.gob.ar/en

申請入境簽證時間：星期一至五 10am-1pm

疫苗接種

疾病預防控制中心和世界衛生組織建議，前往阿根廷宜接種以下疫苗：甲型肝炎、B 型肝炎、傷寒、黃熱病、狂犬病、腦膜炎、小兒麻痺、麻疹、腮腺炎和德國麻疹（MMR）、Tdap（破傷風、白喉和百日咳）、水痘、帶狀皰疹、肺炎、流感和 COVID-19。資料來源：http://www.who.int/

阿根廷天氣

阿根廷是一個幅員超長的國家，從南到北，天氣跨越不同的氣候帶。即使在北方，西北為高原，東北為平原，氣候也有很大差異。即使現在的布宜諾斯艾利斯有時也有同樣的氣候，今天風暴，明天陽光明媚。

首都布宜諾斯艾利斯的氣候相對溫和，即使是冬天也不太冷。最冷溫度通常為 2 至 3 度。每年下雨天不多，沒有明顯的雨季或旱季。

使用語言

阿根廷人使用西班牙語。除了布宜諾斯艾利斯和旅遊區外，英語並不普及尤其是在鄉村。請善用谷歌離線翻譯。

阿根廷機票

到阿根廷沒有直飛航班，所以必須轉機。大多數人會從美國或歐洲轉機，美國紐約、邁阿密等城市都有直飛航班，紐約到布宜諾斯艾利斯的票價最便宜，而且不用轉太多飛機，但是要注意紐約有兩個機場。

如果你從歐洲出發，馬德里、巴塞隆納、巴黎和倫敦等主要城市都有直飛布宜諾斯艾利斯的航班。其中，馬德里的航班最多，而且通常票價最便宜。此外現在還有從伊斯坦堡出發的直飛航班或從杜拜出發的轉機航班，這些也是非常熱門的航線。

境內交通

阿根廷沒有長途鐵路，跨省交通以巴士和飛機為主要交通工具，巴士的好處是可以用現金付款，現金的好處是你可以用黑市匯率付款。國內線機票若遇到特價時非常便宜，加上現在國外信用卡刷卡有特殊刷卡匯率，其實不會差到太多。

巴士

阿根廷境內公路網相當發達，如果要到比較遠的地方，有長途巴士可搭。1,700 公里左右的路程最好的等級是 180 度臥鋪，有附三餐和服務員。一般是七、八點左右上車，睡一覺隔天早上十點左右抵達，如果行程超過 1,900 公里，建議搭乘飛機。

Turismo
BA
BUENOS AIRES BUS

鐵路

在首都附近的列車正常行駛，不過在其他省份幾乎只在大城市運作，因此，阿根廷的鐵路客運不是全國互通。

城市交通：機場便利店和地鐵站都可以買 SUBE 卡。

一張卡價值 30AR 不能退費但是巴士跟地鐵都打對折，所以如果搭乘的金額超過 60AR 可以辦一張卡。

市區買一張 SUBE 卡要 25AR。從機場到市區可搭乘八號公車，在 A 航廈左轉往 B 航廈方 Aeropuertos Argentina 2000 前面有一個站，右轉也有一個站，車資刷卡 4.7AR，約一個小時進市區。

自行開車：駕車為左側駕駛，大部份市內限速 40km（在 Avenida 是 60km），在高速公路上為 130km，在省公路上可以再高。

阿根廷換匯

阿根廷使用貨幣單位為比索（Peso），貨幣兌換分為黑市匯率和官方匯率，兩者之間的差距高達一倍。如果情況許可，建議大家到黑市換錢。以前刷卡算的都是官方匯率，在 2022 年底阿根廷政府推出了國外信用卡的 MEP 匯率，雖然 MEP 比黑市匯率貴 10%-15% 左右，但方便很多。如果你是短期旅行，不在乎匯率那一點點差別的話，大家可以依照自己的狀況來衡量。但還是要換，阿根廷很多地方不接受信用卡，例如路邊的小店、規模較小的餐廳、市集等，要儲值交通卡也是用現金。

網卡哪裏買

阿根廷的電話卡公司有 Claro、Movistar、Personal 三家。EZE 機場有 Personal 的櫃位，在離境大廳 40 號櫃位前，或是出發大廳樓上，營業時間為早上 9:00 到晚上 10:00，若你的航班時間配合上，在機場就可以購買。現場就要請工作人員開通，自己辦理手續有點複雜。

市區很多小店都可以買，旅館大多提供 wifi。阿根廷人把 SIM 卡稱為 Chip「晶片」，去商店時要說 Chip 店員才能知道。

電壓與插座

阿根廷的電壓是 220V，如果有 110V 的電器需要準備變壓器（Step-up Transformer）。配合使用的插座有兩種：一種是兩個圓孔的，一種是八字形的，建議帶一個萬用轉換頭和延長線。

傳統美食

烤牛肉是阿根廷的第一名菜和家常菜。阿根廷人喜吃牛肉，每年人均消費量高達 50 多公斤。烤牛肉鮮嫩可口，食用時可搭配各種沙拉和紅酒。

阿根廷的國民茶飲——瑪黛茶（Mate Tea）

此茶被稱為「沒有嚐過就不算來過阿根廷」，可見其像徵意義。阿根廷人喝馬黛茶就像喝水一樣，早上喝一杯馬黛茶提神，下午喝一杯馬黛茶促進消化，也有搭配甜點和正餐時喝。馬黛茶與阿根廷人的生活密不可分，而每年 11 月的第二週，阿根廷還舉辦馬黛茶節。

阿根廷人分享馬黛茶作為友誼的象徵，他們會與家人和朋友圍成一圈，並將一根吸管插入裝滿馬黛茶的茶壺中。最傳統的方法是讓每個人都使用同一根吸管，代表了他們分享的意圖。不過近年由於衛生觀念，也漸漸地有分在茶杯中的喝法。

紀念品

皮革製品、葡萄酒、羊駝毛服裝、瑪黛茶茶壺（Yerba Mate Teapot）、葫蘆、阿根廷高喬（Gaucho）牧人刀。

小費指南

阿根廷有小費文化，按照慣例在餐廳付 10%、給導遊 10-20% 的小費比較合適，在計程車上找零錢也很正常。通常布宜諾斯艾利斯會給比較高，鄉下會給比較少，小費都是以現金給付，夾在賬單裏放桌上即可。

阿根廷治安

在旅遊景點是特別需要注意，如：

1. 國會大廈廣場地區和方尖碑：遊客必去的景點。時不時就會有小偷、搶劫的事情發生。拍照時千萬不要將物品放在地上。
2. 拉博卡（La Boca）：只要不離開遊客區、不在晚上前往大致都可以的，白天都有警察巡邏，小心小偷就好。

3. 地鐵：在布宜諾斯艾利斯的一些地鐵站上落車時要更加小心，包包一定要背前面。

阿根廷人大多非常友善，也願意幫助人，世界上沒有絕對安全地方，學會保護自己才是重點。

布宜諾斯艾利斯探戈節暨探戈世界錦標賽（八月中旬）

探戈大概形成於 18 世紀末期，但直到 1999 年才每年舉辦官方探戈節，主要是在首都布宜諾斯艾利斯。探戈被視為阿根廷「國粹」之一，起源於非洲舞蹈、西班牙佛朗明哥舞和意大利民俗舞。它於 19 世紀末傳入南美大陸，與阿根廷當地的音樂和舞蹈相融合，逐漸發展成為一種獨特的藝術形式，以其充滿激情的舞蹈和鮮明的節奏深受世界各地人們的喜愛。

探戈節在阿根廷首都布宜諾斯艾利斯舉辦，為期兩週。在此期間，人們可以參加 500 多個免費探戈舞蹈課程、音樂會和演奏會及數百名專業舞者將參加探戈錦標賽。此外，探戈節還舉辦了阿根廷探戈音樂之父卡洛斯 · 葛戴爾（Carlos Gardel）主題展覽，展出了與這位傳奇音樂家相關的 500 多件物品。

後記

很多朋友問我為甚麼忽然去跳舞。但實情是，這並非突如其來——長久以來，我一直有跳不同的舞蹈。

一個作家，從懂寫書，到懂寫好書；一個舞者，從懂跳舞，到懂跳好舞，殊不容易。寫作教作，跳舞教舞，能分享所思所感，是我人生最大的喜樂。

人生沒有下一次，想做甚麼就去做吧！ On Your Mark – Set – Go ！

ABC
Melisam

鳴謝：Prudence@ChocolateRain 提供森焱、金鈴的人物 icon

書　　名　大師在阿根廷
作　　者　金鈴　森焱
責任編輯　王穎嫻
美術編輯　蔡學彰
出　　版　天地圖書有限公司
香港黃竹坑道46號新興工業大廈11樓（總寫字樓）
電話：2528 3671　傳真：2865 2609
香港灣仔莊士敦道30號地庫（門市部）
電話：2865 0708　傳真：2861 1541
印　　刷　美雅印刷製本有限公司
香港九龍觀塘榮業街6號海濱工業大廈4樓A室
電話：2342 0109　傳真：2790 3614
發　　行　聯合新零售（香港）有限公司
香港新界荃灣德士古道220-248號荃灣工業中心16樓
電話：2150 2100　傳真：2407 3062
出版日期　2024年7月／初版

ISBN ：978-988-8551-52-1